SV

Magnus Mills
Ganze Arbeit

Roman

Aus dem Englischen von
Katharina Böhmer

Suhrkamp

Die Originalausgabe erschien 2003 unter dem Titel
The Scheme For Full Employment
bei Flamingo, Imprint von HarperCollins*Publishers*, London

Druck: Freiburger Graphische Betriebe, Freiburg
Printed in Germany
Erste Auflage 2006
ISBN 3-518-41754-1

1 2 3 4 5 6 – 11 10 09 08 07 06

Ganze Arbeit

Für meinen Vater

Wenn das hier irgendein anderes Land wäre, würde der PLAN natürlich heute noch funktionieren. In jedem anderen Land wäre er als nationale Errungenschaft angesehen worden, und die gesamte Arbeiterschaft hätte sich dafür eingesetzt, die hohen Standards und Prinzipien aufrechtzuerhalten, auf denen er beruhte. In der Tat haben viele unserer Nachbarn auf dem Kontinent den PLAN übernommen und ihren eigenen Zwecken angepaßt, und jedesmal hatten sie damit grenzenlosen Erfolg. Trotzdem steht außer Frage, wer die Idee zuerst hatte. Das waren wir. Wir haben uns das ausgedacht. Um den PLAN zur Vollbeschäftigung beneidete uns die ganze Welt: Das größte je von Männern und Frauen ersonnene Unterfangen. Auf einen Schlag löste er ein Problem, das die Menschheit seit Generationen gequält hatte. Die Teilnehmer mußten nur die Räder zum Laufen bringen, und schon konnten sie sich auf helle, sonnendurchflutete Landschaften freuen, aus denen Müßiggang und Unsicherheit für immer vertrieben sein würden. Bis ins kleinste Detail von Leuten mit Visionen geplant. Der PLAN war wasserdicht und konnte unmöglich schieflaufen.

Nur in diesem Land.

In diesem Land haben wir geschafft, ihn zu zerstören. Wir zerstörten das letzte, was uns vor Finsternis und Ruin retten konnte. Und wir taten das auch noch eigenhändig, nicht auf Geheiß irgendeines verrückten Führers, dem wir erst gehorchten und auf den wir dann später die Schuld schieben konnten. Nein, die Schuld haben wir niemand anderem als uns selbst zuzuschreiben. Der PLAN war für uns erfunden worden, und wir haben ihn am Ende selbst zu Fall gebracht.

1

Len Walker sah die Gefahr kommen, lange vor uns anderen allen. Ich erinnere mich an ein Gespräch mit ihm, als wir eines Morgens an der Laderampe des Depots von Blackwell standen und zusahen, wie die UniVans in den Hof hinein- und wieder herausfuhren. Es war ein schöner Tag, der erste nach einer Regenperiode, und einige Fahrer machten mit ihren Wagen eine Spritztour durch die Waschanlage. Zur gleichen Zeit wurden an der Rampe die Güter ebenso schnell ein- wie ausgeladen, ohne daß es auch nur das kleinste Durcheinander gegeben hätte. Alle wuselten wie in einem Ameisenhaufen herum, und mir fiel auf, daß alles so reibungslos lief wie ein Uhrwerk.

»Ja, ja«, sagte Len. »Das sieht alles sehr rosig aus, aber du weißt doch, das kann auch sehr schnell wieder zu Ende sein.«

»Zu Ende sein?« fragte ich. »Bestimmt nicht.«

»Von einem Tag auf den anderen.«

»Aber du sagst doch immer, wir leben in glorreichen Zeiten.«

»Sicher, das tun wir ja auch! Ganz glorreiche Zeiten!«

»Na also.«

»Von wegen na also.« Len senkte die Stimme. »Es mögen vielleicht glorreiche Zeiten sein, aber wenn wir sie ungenutzt verstreichen lassen, werden sie nie wiederkommen.«

»Warum sollten wir sie ungenutzt verstreichen lassen?«

»Weil ein paar Leute angefangen haben, zu vieles als normal anzusehen. Sich zu viele Freiheiten herauszunehmen, wenn du verstehst, was ich meine. Ich nenne keine Namen, aber es gibt hier ein paar Personen, die alles aufs Spiel setzen, was im Lauf der Jahre aufgebaut worden ist. Ihnen scheint nicht klar zu sein, daß alles wie ein Kartenhaus in sich zusammenfallen könnte, wenn sie nicht aufpassen.«

»Wirklich?«

»Na ja, vielleicht passiert das noch eine ganze Weile lang nicht, und ich bin mir sicher, daß wir in der Lage sind, noch ziemlich lange einfach so weiterzumachen wie bisher. Trotzdem: Wenn wir zu selbstgefällig sind, wenn wir das, was wir erreicht haben, nicht wertschätzen, dann werden wir eines Morgens aufwachen und feststellen, daß es verschwunden ist, das sage ich dir.«

»Hast du mit irgend jemand anderem darüber gesprochen?«

»Nur mit denen, die das auch hören wollen. Es gibt ein paar von uns, rundum verstreut, die sozusagen das Wort verkünden. Natürlich ist das ein langwieriger Prozeß, zu jedem zu gehen und zu versuchen, ihm die Situation bewußtzumachen. Nicht jeder ist so gewissenhaft wie du und ich.«

»Also, ich würde nicht sagen, daß ich besonders gewissenhaft bin. Ich mag es, wenn die Dinge glattlaufen, genauso wie jeder andere auch.«

»Das kann sein«, antwortete Len. »Aber ich sehe doch, daß dir der PLAN mehr am Herzen liegt als den meisten hier.«

»Schon möglich.«

»Bei deinem Hilfsfahrer bin ich mir da allerdings nicht so sicher.«

»George? Stimmt, ich denke nicht, daß er je über solche Sachen nachdenkt. Interessiert sich mehr für seine Kuchen als für irgend etwas anderes.«

»Tust du mir einen Gefallen, ja? Versuch doch, ihm die Sache einzubleuen. Ihm und all den anderen, die sich nur treiben lassen und denken, daß das immer so weitergeht. Sonst werden sie in zehn Jahren hierher zurückkommen und die Tore verschlossen finden und Bäume durch den Beton wachsen sehen.«

»In Ordnung, ich versuche mein Bestes. Aber, Len, ich muß jetzt mal los. Osgood beobachtet uns. Ich treff' dich nächstes Mal wieder hier, okay?«

»Ja. Bis dann.«

Er trat zur Seite und sah mir nach, als ich die Stufen hinunterging und nach vorne zum UniVan lief. Während ich einstieg, schaute er immer noch in meine Richtung, und ich hatte das Gefühl, daß er mich beobachtete, um zu sehen, ob seine Worte richtig angekommen waren.

Ich schlug die Tür zu. George saß auf dem Beifahrersitz, umgeben von einem Stapel rosa und weißer Schachteln.

»Warst du die ganze Zeit hier?« sagte ich. »Ich dachte, du wolltest mit Osgood reden?«

»Nein«, antwortete er. »Ich habe beschlossen, das zu verschieben. Das will gut geplant sein.«

»Mach, was du willst. Können wir losfahren?«

»Klar.«

»Gut, dann mal los.«

Ich ließ den Motor an und fuhr quer über den Hof und durch das Tor.

»Über was hast du mit Len geredet?« fragte George mit erhobener Stimme, um das Motorengeräusch zu übertönen. »Hat ja ewig gedauert.«

»Na ja, du weißt, wie er ist, wenn er erst mal loslegt.«

»Schon ...«

»Er hat mir gesagt, daß sich der PLAN wahrscheinlich jede Minute in Luft auflöst.«

»Das sind ja ganz neue Töne. Das letztes Mal, als ich mit ihm sprach, sagte er zu mir, daß es uns noch nie so gut gegangen wäre.«

»Oh, das glaubt er immer noch«, sagte ich. »Aber er denkt, sonst tut das niemand. Außer ein paar wenigen Auserwählten.«

»Was, solche wie er und Mick Dalston, wenn sie stundenlang oben im Aufenthaltsraum sind? Um ihn blitzsauber zu halten, wie sie sagen?«

»Genau.«

»Und was hat er dann für ein Problem?«

»Also, du weißt doch, daß Len seine Pausen – Frühstück, Mittagessen, Tee – alle auf einmal nimmt?«

»Klar«, sagte George. »Macht er seit Jahren.«

»Aber trotzdem hat er die Arbeit immer im Griff, nicht wahr?«

»Wahrscheinlich.«

»Und wann hast du zuletzt Chaos an der Rampe in Blackwell gesehen?«

»Weiß nicht mehr.«

»Also, ich schon. Das war, als Len im Sommer Urlaub hatte und Charlie Green für zwei Wochen seinen Job übernommen hat.«

»Ach ja, stimmt.«

»Und Charlie sprach immer davon, daß Gosling einen früher Schluß machen ließ, wenn man ihn ein bißchen drängte. Er hat sich dann drei Tage hintereinander früher verabschiedet, und als Len zurückkam, gab es einen Rückstand von mehreren Fuhren.«

»Er war darüber ziemlich sauer, was?«

»Das kann ich dir sagen. Ging tatsächlich vor Wut die Wände hoch. Hat mehrere Monate nicht mit Charlie geredet. Was ich sagen will: Len macht immer seine vollen acht Stunden, auch wenn er die Hälfte davon oben verbringt. Er haut nie früher ab, weil er seine Darts und seine Karten und sein Billard und alle anderen Vereine, die er hier leitet, nicht im Stich lassen will. Er ist schon lange beim PLAN dabei, vergiß das nicht. Er will, daß alles so bleibt, wie es ist, aber er befürchtet, es könnte zusammenbrechen und vom Erdboden verschwinden.«

»Warum sollte es?«

»Weil keiner von uns es genügend wertschätzt.«

»Ach, darüber muß er sich keine Sorgen machen«, erklärte George. »Lennys Problem ist, daß er alles zu ernst nimmt.«

»Bist du dir da sicher?«

»Natürlich bin ich mir sicher. Schau mal, du weißt doch so gut wie ich, daß der PLAN unzerstörbar ist. Diese UniVans wurden extra für diese Aufgabe gebaut, oder etwa nicht? Tausende von Lastwagen, in Sonderanfertigung, mit austauschbaren Einzelteilen und rostbeständig. Sie halten noch jahrelang, wenn sie richtig gepflegt werden, und solange sie eine Zukunft haben,

haben wir auch eine. Niemand, der einigermaßen bei Verstand ist, wird sie aus dem Verkehr ziehen. Es gäbe einen öffentlichen Aufschrei, wenn man das täte, und außerdem, was würde aus den ganzen Depots und den Reparaturbetrieben und den Zulieferern werden? Sie wären zu nichts anderem zu gebrauchen. Glaub mir, man wird den Laden nicht dichtmachen, nur weil Charlie Green von Zeit zu Zeit mal einen vorgezogenen Feierabend nimmt.«

»Tja, ich hoffe, du hast recht«, sagte ich. »Schon allein für Len.«

Über unser Gespräch hatten wir die Ringstraße erreicht und fuhren jetzt Richtung Osten. Gelegentlich kamen uns UniVans entgegen, und wenn sie aus Long Reach waren, blendeten wir zum Gruß kurz auf. (Wenn sie aus anderen Depots stammten, ignorierten wir sie.) Auf diese Weise hatten wir schon Dave Whelan und Mick Clark begrüßt, kurz darauf dann John Ford und Colin Regis. Eine Minute später stießen wir auf zähfließenden Verkehr, und ich mußte bis fast auf Schrittgeschwindigkeit herunterbremsen.

»Mal was anderes«, sagte George. »Du weißt schon, daß ich die nächsten zwei Wochen nicht da bin, oder?«

»Klar«, sagte ich. »Ich habe die Urlaubsliste gesehen.«

»Ach ja, gut. Geht das dann für dich in Ordnung mit den Kuchen?«

Ich drehte mich zu ihm. »Was?«

»Den Kuchen.«

»Ja«, sagte ich. »Ich habe schon verstanden. Ich meinte: Was meinst du mit ›den Kuchen‹?«

»Na ja, kannst du dich darum kümmern?«

»Natürlich kann ich mich nicht darum kümmern.«

»Warum nicht?«

»Weil es deine Kuchen sind, George. Mir ist es egal, wenn du sie auf den Touren dabeihast, wenn du da bist. Das ist was anderes. Aber ich kutschiere sie nicht durch die Gegend, wenn du in den Urlaub abzwitscherst.«

»Es sind nur ein paar.«

»Das ist mir egal; ich mach' das nicht.«

»Aber Trace bringt mich um.«

»Das müßt ihr zwischen euch ausmachen«, sagte ich. »Der PLAN dient nicht dem persönlichen Vorteil deiner Freundin, weißt du.«

»Das ist mir klar«, sagte George. »Aber komm schon, tu mir den Gefallen. Weißt du, dann hast du auch etwas gut bei mir.«

Plötzlich dämmerte mir etwas. »Darum hast du es heute morgen vor dir hergeschoben, mit Osgood zu reden, was? Du mußt ihn auch fragen.«

George seufzte. »Jaja. Schau mal, Kumpel, ich könnte deine Hilfe dabei wirklich gebrauchen. Ich weiß schon, sie übertreibt es manchmal ein bißchen, aber wenn du einen Job wie unseren hast, mußt du das Maximum rausholen, oder findest du nicht?«

»Wenn du das sagst.«

»Und Mittwoch mußt du dich gar nicht darum kümmern.«

»Warum, was ist am Mittwoch?«

»Der 29. Februar.«

»Ja, und?«

»Schaltjahr, oder? Keine Geburtstage. Jedenfalls nicht hier in der Gegend.«

»Tja, das muß man wohl feiern«, sagte ich. »Hallo, was machen die denn da?«

An einer Kreuzung direkt vor uns stand ein UniVan, darin die beiden Steves, und wartete auf eine Gelegenheit, auf unsere Spur einzubiegen. Eigentlich konnte ich aus meinem Blickwinkel nur Steve Moore sehen. Er saß am Steuer, wie immer, aber ich wußte, daß die unsichtbare Person auf dem Beifahrersitz Steve Armstrong sein mußte. Was jedoch meine Aufmerksamkeit erregte, war die Fahrweise, die mir etwas untypisch vorkam. Anstatt sich in den Verkehr zu drängeln, wie es die meisten Fahrer des PLANS typischerweise taten, hielt sich Steve höflich zurück und wartete, daß sich eine Lücke auftat. Natürlich passierte das nicht, denn niemand wollte hinter einem UniVan festklemmen, wenn sich das vermeiden ließ. Es hing also an mir, ihn vorzulassen, und als wir näher kamen, blendete ich kurz auf und wartete auf eine Art Bestätigung. Doch ohne auch nur einen Blick in unsere Richtung zu werfen, steuerte er in die Lücke, die ich ihm gelassen hatte, und fuhr dann über die Kreuzung in die gegenüberliegende Straße hinein! Im selben Moment fiel mir auf, daß er ziemlich allein in der Fahrerkabine saß. Von Steve Armstrong war weit und breit nichts zu sehen.

»Was glaubt er denn, wer er ist?« rief ich. »Einfach so rüberzufahren!«

»Keine Ahnung«, sagte George. »Bißchen schräg, die erlaubte Route zu verlassen, oder? Ich dachte, er und Steve sollten auf der Zweiundzwanzig sein.«

»Das dachte ich auch! Hast du gesehen, wie er direkt vor uns rübergefahren ist und uns nicht einmal zugenickt hat?«

Ich mußte zugeben, ich war von dem Anblick geschockt: Wie Steve Moore da fröhlich eine unerlaubte Route entlangschipperte und so ganz für sich alleine die Freiheit der Straße genoß. Soweit ich mich erinnerte, hatte es das noch nie gegeben. Während der ganzen Zeit, die ich schon beim PLAN dabei war, hatte ich den UniVan nur für mich allein gehabt, wenn wir geparkt hatten und George verschwand, um eine seiner vielen privaten Besorgungen zu erledigen. Ohne die Begleitung eines Beifahrers zu fahren war verboten, und wo ich jetzt Steve gesehen hatte, wie er genau das tat, beneidete ich ihn ziemlich. Ich fragte mich, wie er darauf kam, sich das erlauben zu können, um elf Uhr vormittags, am hellichten Tag?

»Er wird einen Eintrag kriegen, wenn er so weitermacht«, bemerkte George.

»Ja.« Ich stimmte ihm zu. »Hoffen wir das mal.«

Wir sahen, wie Steves Fahrzeug allmählich in dem Wirrwarr von Seitenstraßen, Industriearealen und Lagerhäusern verschwand, die südlich der Ringstraße lagen. Dann setzten wir unsere Fahrt fort, ohne weitere Spekulationen anzustellen. Um zwölf Uhr fünfundvierzig sollten wir am Depot von Cotton Town ankommen, aber wie üblich waren wir jetzt mitten am Vormittag dem Zeitplan voraus. Das störte uns jedoch nicht weiter, denn wir mußten noch einen Extrastop einlegen. Nach weiteren zwei Meilen hielt ich neben einer Ladenzeile, und George kletterte mit seinem Stapel Kuchenschachteln hinaus.

»Möchtest du mitkommen und Sandro hallo sagen?« fragte er. »Damit du dich nächste Woche auskennst?«

»Du hast schon beschlossen, daß ich das nächste Woche sowieso übernehme, oder?«

»Ach komm schon, Kumpel. Ich dachte, du wärst einverstanden.«

»In Ordnung, aber nur, wenn du mir eine Zuckerstange mitbringst.«

»Woher denn?«

»Vom Meer.«

»Ich fahre doch wohl nicht im Februar ans Meer, oder?«

»Wohin fährst du dann?«

»Nirgendwohin.«

»Na ja, trotzdem kannst du mir eine Zuckerstange besorgen«, sagte ich. »Dann hast du was Interessantes zu tun, solange du nicht arbeitest.«

»Danke, mein Freund.«

Genaugenommen war es ein eintragungswürdiges Vergehen, das Fahrzeug unbewacht zu lassen, aber heutzutage tat das fast jeder. Ich stellte also den Motor ab, und wir gingen zu Sandros Backstube, nachdem wir uns vergewissert hatten, daß die Türen der Fahrerkabine zu waren. Seit zehn vor acht hatten wir an diesem Morgen die Heizung angehabt, und wir wollten die sorgfältig angestaute Wärme nicht verlieren. Angesichts der glühenden Hitze, die uns ins Gesicht schlug, als wir die Backstube betraten, fragten wir uns jedoch, warum wir uns die Mühe gemacht hatten.

»Verdammt«, murmelte ich, als George mich hineinschob. »Stell dir vor, die ganze Zeit in dieser Hitze zu arbeiten.«

Eigentlich hatte ich Sandro schon einmal getroffen, als Trace George so viele Kuchen aufgehalst hatte, daß ich ihm beim Tragen helfen mußte. Er schien das jedoch vergessen zu haben, und für uns beide war es einfacher, einander neu vorgestellt zu werden. In Wahrheit reichte die Zeit nur für ein kurzes Händeschütteln und den Austausch von Begrüßungsfloskeln, weil Sandro und seine Mitarbeiter wie die Irren herumrannten. Jeder erledigte offenbar mehrere Aufgaben auf einmal, genauso wie sie das schon bei meinem früheren Besuch getan hatten. Die Begegnung heute diente jetzt wirklich nur dem Zweck, daß Sandro mich erkennen würde, wenn ich nächste Woche mit den Kuchen auftauchte, aber als wir uns ein paar Minuten später verabschiedeten, hielt ich eine große Tüte voller Doughnuts in der Hand, die uns als Geste des guten Willens überreicht worden war. Schon dafür hatte es sich gelohnt. Wir saßen in der Fahrerkabine und aßen die Hälfte davon, und ich kam zu dem Schluß, daß mein Aushilfsjob für George doch keine Plackerei werden würde.

Wir hatten noch eine zusätzliche Schachtel aus der Bäckerei mitgenommen. Diese enthielt den Kuchen, den George über Nacht in Osgoods Büro lassen wollte. Er hatte seine Zuckerglasur bereits bekommen und war jetzt bereit für die nächste Etappe seiner Reise, nämlich in Pete Giggs Hände übergeben zu werden.

»Wie lange fährt Pete noch die Route sieben?« fragte ich, als George den Kuchen vorsichtig auf das Armaturenbrett stellte.

»Hört Ende nächster Woche auf«, antwortete er. »Dann übernimmt er die Vierzehn.«

»Also wird er dir eine Weile lang nichts nutzen.«

»Das ist keine Frage des Nutzens«, protestierte George. »Es ist eine gegenseitige Abmachung. Ich helfe ihm mit seinem Kram. Er hilft mir mit meinem.«

»Osgood wird das aber nicht so leicht nehmen.«

»Na ja, er fand's in Ordnung, als ich ihn das letzte Mal gefragt habe. Müßte okay sein, wenn ich ihn vorsichtig anpacke. Ich glaube, ich muß das als Testfall ansehen.«

Als wir wieder losfuhren, war zwölf Uhr locker vorbei. Wir hatten eine nette kurze Fahrt die Ringstraße entlang, bevor wir genau im Zeitplan in Cotton Town einliefen. Das war unser Glück, denn Hoskins stand direkt hinter dem Tor und stoppte bei jedem die Zeit. Er nickte mir kurz freundlich zu, als wir vorbeifuhren, aber ich beachtete ihn überhaupt nicht und fuhr geradeaus über den Hof, bevor ich bis zur Laderampe zurücksetzte. Eigentlich sollten wir die nächsten fünfzehn Minuten neben dem Fahrzeug warten, auf den Verdacht hin, daß vor ein Uhr noch jemand käme und es ausladen würde. In Wahrheit ging man natürlich davon aus, daß der Vormittag schon vorbei war. Nach kurzer Kontrolle, um sicherzugehen, daß Hoskins immer noch an der Toreinfahrt eifrig beschäftigt war, verschwanden wir darum zum Mittagessen.

»Kommst du mit hoch in die Kantine?« fragte George. »Zum Kartenspielen?«

»Nein«, sagte ich. »Ich gehe rüber zum Café, glaube ich.«

»Okay, bis später.«

»Ja, bis dann.«

Um halb zwei war ich zurück an der Rampe und polierte die Windschutzscheibe. Dann schob ich die Rolltür nach oben und schaute ins Innere des Lieferwagens. Man konnte das schwerlich eine volle Ladung nennen. Vor mir, auf halber Strecke bis zur Rückwand, stand eine einzige Palette, auf der Kisten im Medium-Format gestapelt waren. Hinter dieser waren eine Anzahl leerer Paletten aufeinandergeschichtet, daneben eine Palette voller leerer Kisten. Mit Hilfe einer Sackkarre hätte ich die ganze Ladung alleine in ungefähr zehn Minuten ausladen können. Aber so liefen die Dinge im PLAN nicht. Also setzte ich mich statt dessen auf den Betonrand der Rampe und wartete. Eigentlich war ich ziemlich gerne zu dieser Tageszeit hier, wenn alles ruhig war. Keine Spur von Hoskins, und soweit ich sehen konnte, war Watts' Büro leer. Meine einzige Gesellschaft war das halbe Dutzend UniVans, die aufgereiht an der Rampe standen und darauf warteten, daß ihre nachmittäglichen Pflichten begannen. Hinter mir lag der Feuerwehrschlauch für Notfälle, aufgewickelt auf seiner Trommel. Ich genoß die Stille für weitere zehn Minuten. Dann endlich hörte ich Schritte zurückkommen.

»Ich habe Steve Armstrong oben beim Dartspielen gesehen«, verkündete George. »Hat ganz allein mit sich gespielt.«

»Hat er gewonnen?« fragte ich.

»Keine Ahnung, aber er war ein bißchen seltsam, fand ich.«

»Warum?«

»Na ja, ich habe ihn gefragt, warum er heute nicht mit Steve Moore unterwegs war, und er guckte nur irgendwie auf das Dartbrett und sagte: ›Ich mußte drauf verzichten.‹ Mehr nicht.«

»Hat er keinen Grund genannt?«

»Nein, hat er nicht, und dann kam Jumo Williams rein, und sie fingen an zu spielen, also bin ich rausgekommen.«

»Ich vermute, es gibt eine einfache Erklärung.«

»Das hoffe ich«, sagte George. »Ich mag das nicht, wenn die Leute so komisch sind.«

2

Die Ehre, unser Fahrzeug auszuladen, kam schließlich Kevin Jennings zu. Aus dem Nichts kam er mit einem Gabelstapler angefahren, genau in dem Moment, als Watts auf der Treppe auftauchte. Beide waren eine Viertelstunde zu spät, also am jeweils anderen gemessen pünktlich. Watts betrat sein Büro und schloß die Tür, ohne das Schloß einrasten zu lassen, so daß sie sich wieder öffnete und ein sechs Inch breiter Spalt entstand.

Kevin steuerte direkt auf uns zu.

»Dann mal los, was haben wir denn hier?« sagte er, während er auf die Ladefläche fuhr und den Gabelstapler unter die beladene Palette schob.

»Vierundzwanzigmal ›Medium‹«, antwortete ich.

»Das steht auch so auf meinem Zettel.« Er hob die Ladung an und brachte sie ans Tageslicht. »Vier mal sechs sind vierundzwanzig. Jawohl, das stimmt.«

»Moment mal!« Watts war plötzlich aus seinem Büro getreten und kam zu uns herüber. »Laß mich mal kurz einen Blick auf die Etiketten werfen.«

Kevin, George und ich sahen zu, wie er um den Stapel Kisten herumging und jede einzeln der Reihe nach musterte. Dann blickte er zu mir. »Was ist da drin?«

»Müßten Blinkerhalterungen hinten für die Fahrerseite sein.«

»Müßten«, sagte er. »Sind es aber nicht. Laut Etiketten sind das alles welche hinten für die Beifahrerseite.«

»Das macht doch keinen Unterschied, oder?«

»Natürlich macht es das. Sie blinken anders. Wer hat euch beladen?«

»Äh…na ja, was steht denn auf dem Lieferschein?«

»Der Name ist unleserlich. Wie immer.«

»Ach so«, sagte ich und schaute George an. »Laß mal nachdenken. Äh … Martin, oder?«

»Nein«, sagte George. »Chris war's, glaube ich.«

»Oder vielleicht war es auch der andere Chris?«

»Ja, das könnte schon sein. Oder vielleicht ...«

»Schon gut, schon gut!« unterbrach uns Watts. »Deswegen wird man nicht geköpft. Niemand wird geköpft. Aber das ist das zweite Mal in vierzehn Tagen, daß hier bei uns die falschen Kisten aus Long Reach reinkommen. Letzte Woche waren es Blinkerhalterungen für die vordere Fahrerseite.«

»Blinken die auch anders?« fragte ich.

»Nein«, sagte er und starrte mich durchdringend an. »Glücklicherweise nicht.«

Schwer zu sagen, wie ernst Watts seinen Job wirklich nahm, jedenfalls fragte er mich nicht weiter aus und ich ihn auch nicht. In diesem Moment fing das Wandtelefon an zu klingeln. »Na dann«, sagte er und warf einen Blick auf Kevin. »Dann mach sie fertig. Ich glaube, ich muß mit den Leuten da mal ein Wörtchen reden und ihnen ein kleines bißchen auf die Sprünge helfen.«

»Was redet er da, die würden unterschiedlich blinken?« fragte George, sobald Watts wieder in seinem Büro war.

»Ach, beachte den nicht weiter«, antwortete Kevin. »Er hat nichts Besseres zu tun.«

Aus seiner Tasche kramte er ein Stück gelber Wachskreide hervor und markierte jede Kiste mit den Buchstaben LR. Und auch mit dem Datum des Tages. Dann kletterte er wieder auf seinen Gabelstapler und verschwand mit der Ladung in den Tiefen des Lagerbereichs. Kurze Zeit später kam er mit einer großen Kiste zurück.

»Ist die für Blackwell?« fragte ich.

»Jawohl«, sagte er. »Rollenführungen. Vier Dutzend.«

»Oh, deswegen mag ich diesen Job so gerne«, bemerkte George. »Wegen der Abwechslung.«

»Noch was für Merry Park?«

»Heute nicht«, antwortete Kevin.

»Wie praktisch.«

Ich hatte mich zu früh gefreut, denn als nächstes sah ich, wie Watts noch einmal aus seinem Versteck gekrochen kam.

»Wartet mal eine Minute«, sagte er und kam herüber. »Sieht so aus, als hätten wir vielleicht noch etwas anderes für euch. Ich habe gerade einen Anruf von Bob Little aus Long Reach bekommen. Die aus Merry Park haben sich bei ihm nach einem Palettentransportwagen erkundigt. Da ist aber keiner zu kriegen. Darum wollte er wissen, ob wir hier einen übrig hätten.«

»Ich hoffe, du hast nein gesagt.«

»Ehrlich gesagt, nein«, antwortete Watts. »Wir haben doch noch hinten einen stehen, den keiner benutzt, oder, Kevin?«

»Jawohl«, war die Antwort. »War aber schon eine ganze Weile nicht in Gebrauch.«

»Macht nichts«, sagte Watts. »Braucht möglicherweise nur ein paar Tropfen Öl. Lauf doch mal los und hole ihn, ja?«

»Okay.«

Während Kevin im dunklen hinteren Teil des Gebäudes verschwand, drehte ich mich zu Watts um und sagte: »Heißt das, daß wir nach Merry Park fahren müssen?«

»Natürlich müßt ihr nach Merry Park fahren«, verkündete er, zog die Kladde mit den Zeitplänen aus seiner Tasche und suchte die betreffende Seite. »Ja, das ist dann eure letzte Station.«

»Aber wir hatten gehofft, die heute auslassen zu können«, sagte ich.

»Auslassen?«

»Weil es schon die ganze Woche nichts für die zum Anliefern gab.«

»Und nichts zum Abholen«, fügte George hinzu. »Wir sind die letzte Etappe immer leer gefahren.«

Aus dem Augenwinkel sah ich eine Bewegung und merkte im selben Moment, daß Hoskins zu uns gestoßen war. Den ganzen Vormittag über hatte er sich im Hof aufgehalten und trug darum die komplette Uniform, inklusive eines schwarzen Mantels und einer schwarzen Schirmmütze. Watts hingegen hatte die gewöhnliche schwarze Jacke für die Bürojobs an. Beide Aufseher schauten mich sichtlich ungläubig an.

»Wie lange bist du schon beim PLAN dabei?« fragte Watts.

»Ungefähr fünf Jahre«, antwortete ich.

»Also«, sagte er, »dann solltest du ganz genau wissen, daß du nicht einfach nach Lust und Laune irgendwelche Anlaufstationen auslassen kannst.«

»Aber ich dachte, jemand würde schon die Karte für uns abzeichnen, wo es so ruhig ist.«

»Wen meinst du mit ›jemand‹?«

»Weiß ich auch nicht so genau.«

»Zum Beispiel Mr. Gosling?«

»Nein, natürlich nicht.«

»Gut, wen denn dann?«

»Unterschiedlich.«

Es folgte eine lange Pause, in der Watts dastand und langsam den Kopf schüttelte, als hätte man ihn an irgendeine unerträgliche Tragödie aus längst vergangenen Zeiten erinnert. Unterdessen drehte sich Hoskins um hundertachtzig Grad, offensichtlich aus keinem anderen Grund, als um mit jammervoller Miene quer über den Hof zu starren.

»Schaut mal«, sagte Watts. »Die in Merry Park brauchen einen Ersatztransportwagen, und ihr seid die einzigen, die mit dem Lieferwagen von hier nach dort fahren. Wenn ihr damit gerechnet hattet, einen vorgezogenen Feierabend zu kriegen: Das könnt ihr jetzt vergessen.«

»In Ordnung«, antwortete ich und zuckte mit den Schultern. »War aber den Versuch wert, oder?«

»Das ist nicht unsere Auffassung«, sagte Hoskins und brach damit endlich sein gebieterisches Schweigen. »Definitiv nicht.«

Ohne ein weiteres Wort zu verlieren, schritten beide langsam und bedächtig zurück in ihren Bau. Hoskins ging zuerst hinein, nach ihm Watts, der uns einen letzten vielsagenden Blick zuwarf, bevor er die Tür zumachte.

»Die denken manchmal, sie wären uns so überlegen, was?« murmelte George.

»Ja«, pflichtete ich ihm bei.

»Wenn man ihnen einen Gefallen tun soll, ist das natürlich ganz anders.«

Diese letzten Worte gingen in einem fürchterlichen Quietschen unter, das weit hinten aus dem Gebäudeinneren kam. Kevin kam mit dem Ersatz-Palettentransportwagen zurück.

»Mit dem werden sie aber Spaß haben, oben in Merry Park«, sagte er. »Der ist bestimmt ein Jahr lang nicht mehr benutzt worden.«

»Wofür brauchen die überhaupt einen Transportwagen?« fragte ich. »Sie haben da doch so viele Gabelstapler.«

»Aufrüstung für den Notfall«, erklärte Kevin. »Da lief so ein Vermerk rum, in dem stand, daß mindestens ein Handtransportwagen pro Depot verfügbar sein müsse, nur für den Fall.«

»Für welchen Fall?«

»Das stand nicht da.«

»Also gut«, sagte ich. »Ich nehme an, wenn wir ihn schon mitnehmen müssen, müssen wir ihn direkt mitnehmen. Soll ich dir das unterschreiben?«

»Ja, das wäre besser. Sonst ist er offiziell gar nicht weggenommen worden.«

Ich unterschrieb also Kevins Laufzettel. Dann verluden wir den Transportwagen in den Lieferwagen, schnallten ihn fest und schlossen die Rolltür. Eine Minute später fuhren George und ich aus Cotton Town heraus. Wir waren beide ziemlich sauer. Durch Watts' Einmischung war aus der gemütlichen Nachmittagstour in der Tat ein Wettlauf gegen die Zeit geworden. Und, was es noch schlimmer machte: Das hätte sich so einfach vermeiden lassen. Offensichtlich gab es gar keinen dringlichen Bedarf an einem Extratransportwagen oben in Merry

Park. Alles, was Watt hätte tun müssen, als Bob Little anrief, wäre gewesen, ihn abzuwimmeln und auf den nächsten Tag oder vielleicht sogar die nächste Woche zu vertrösten. Statt dessen kam er an und bestand darauf, daß wir sofort einen dort hinbrachten, was bedeutete, daß unsere ganzen ausgeklügelten Pläne hinfällig wurden. Seit der Mittagspause hatten wir uns selbst ein angenehmes Tempo vorgegeben und darauf geachtet, nicht zu schnell beladen zu werden und ein bißchen mit Kevin zu plaudern. Dann wollten wir gemütlich nach Blackwell rüberkurven und dort pünktlich zum Teetrinken ankommen. Die unvorhergesehene Verspätung wegen des Palettentransportwagens hieß jetzt, daß wir den ganzen Nachmittag herumrasen mußten, um im Zeitplan zu bleiben!

»Typisch!« sagte ich, als wir am Torhaus vorbeidonnerten und auf die Straße einbogen. »Verdammt typisch!«

»Vergiß nicht, daß ich immer noch ein Wörtchen mit Osgood reden muß«, sagte George.

»Also, das muß schnell gehen. Wir können da draußen nicht lange herumhängen, wenn wir pünktlich fertig sein wollen.«

Ich ahnte, daß er drauf und dran war, laut zu protestieren, aber statt dessen schwieg er und starrte auf die einsame Kuchenschachtel, die immer noch auf dem Armaturenbrett thronte.

Und so nahmen wir also unsere Tour zurück in Richtung des Depots von Blackwell in Angriff. Ich haßte es, zu spät dran zu sein, außer natürlich, wenn dies eingeplant war, und darum jagte ich den armen UniVan über ein halbes Dutzend gelbe Ampeln auf die Ringstraße. Von hier aus ging es gerade nach Westen. Glücklicherweise stellte sich heraus, daß recht wenig Verkehr war. Als wir an Sandros Backstube vorbeifuhren, die jetzt schon für den Rest des Tages geschlossen war, waren wir mehr oder weniger wieder im Zeitplan, obwohl ich immer noch mit ziemlichem Tempo die Straße entlangbrettern mußte.

»Die geben einfach nichts her, diese Dinger!« beschwerte ich mich und mußte dabei brüllen, um den Lärm des gequälten

Motors zu übertönen. »Der zweite Gang ist zu niedrig und der dritte zu hoch!«

»Und sie sind zu laut!« sagte George.

»Was?«

Meine Laune war ein bißchen besser geworden, als wir endlich in Blackwell ankamen und am Ende des Hofs hielten, damit George mit seinem Kuchen herausspringen konnte. Drüben an der Laderampe sah ich Len im Gespräch mit Billy Harper. Anscheinend waren sie gerade mit dem Beladen von Bills Lieferwagen fertig geworden. Als ich rückwärts neben ihm einparkte, fiel mir auf, daß auf dem Beifahrersitz ein Unbekannter saß und eifrig damit beschäftigt war, etwas aufzuschreiben. Er schaute kurz zu mir herüber, als ich ausstieg und zur Treppe lief, dann schrieb er weiter. Ich stellte mich zu Bill auf die Rampe. Len war unterdessen verschwunden.

»Tag, Kumpel«, sagte ich. »Wer ist das denn da vorne bei dir?«

»Das ist ein neuer Typ, der die Tour kennenlernen soll«, antwortete Bill. »Der macht das alles schriftlich und notiert sich alle Abzweigungen und Depotnamen. Ich sage ihm dauernd, daß er das nach einer oder zwei Wochen auswendig kann, aber er hört nicht auf mich.«

»Dann laß ihn doch einfach weitermachen damit.«

»Mach ich ja.«

»Wo wird er denn stationiert?«

»Long Reach.«

»Oh, hat der's gut.«

»Wir haben es alle gut.«

»Ja«, stimmte ich zu. »Wir haben es alle gut.«

Bill lächelte und blickte Richtung Büro. »Also dann, ich sollte mal losfahren. Osgood glotzt schon wieder. Ist das George da drinnen bei ihm?«

»Ja, er muß ihn um einen Gefallen bitten.«

»Die Kuchen?«

»Du hast's erraten.«

Nachdem Bill verschwunden war, öffnete ich die Rolltür und schaute hinein, auf die einsame Kiste, die ich aus Cotton Town mitgebracht hatte. Dann fiel mir auf, daß Len offenbar vergessen hatte, daß ich etwas für ihn dabeihatte. Ich wollte gerade die Treppe hochgehen und ihn suchen, als Gosling die Laderampe entlanggeschlendert kam.

»Was gibt's?« fragte er.

»Na ja«, antwortete ich. »Ich würde ganz gerne ziemlich rasch wieder loskommen, aber Len ist nirgends zu sehen.«

»Das sieht ihm gar nicht ähnlich«, bemerkte Gosling. »Normalerweise ist er sehr gewissenhaft und lädt die Sachen anderer Leute sofort aus. Was bringst du uns denn?«

»Nur eine normale Kiste.«

»Ich mache dir einen Vorschlag«, sagte er. »Ich lade das selbst ab. Ein kleines bißchen Übung kann mir nicht schaden.«

Ein paar Yard entfernt stand ein Gabelstapler, und in dem Moment, in dem Gosling darauf kletterte und startete, verstand ich haargenau, was er meinte. Offensichtlich hatte er ein solches Gerät seit langer Zeit nicht mehr bedient, zweifelsohne aufgrund der Tatsache, daß Len die Laderampe strikt als sein Revier ansah. Ich sprang schnell zur Seite, als der Gabelstapler einen Satz auf mich zu machte und dann wieder hielt.

»Bißchen schwach auf der Brust«, ließ Gosling verlauten, als er wieder losfuhr. Diesmal schien er das Gefährt etwas besser unter Kontrolle zu haben. Ich sah zu, wie er es vorsichtig hinter unseren UniVan manövrierte und die Gabel hineinbugsierte. Dann ging der Motor aus. Ein paar Sekunden später tauchte Gosling zu Fuß auf.

»Was ist los?« fragte ich.

»Batterie alle«, antwortete er.

»Und jetzt steckst du fest?«

»Das kann man wohl sagen.«

»Was machst du da?!« brüllte eine Stimme vom anderen

Ende der Laderampe. Len kam zurück, auf einem anderen Gabelstapler. Sein Gesicht ließ ein Donnerwetter erahnen, während er beschleunigte und dann neben uns anhielt. »Was machst du da?!«

»Ich wollte nur diesen Lieferwagen ausladen«, sagte Gosling. »Weil du ja offenbar verschwunden warst.«

»Hör mir auf!« fuhr Len ihn an. »Ich war nur den anderen Gabelstapler holen. Bei dem da ist die Batterie nicht in Ordnung.«

»Ja, das habe ich auch gerade gemerkt.«

»Hast du nicht gesehen, daß das Warnlämpchen an war?!«

»Nein, habe ich nicht. Entschuldigung.«

Diesen Wortwechsel zu beobachten war interessant, denn eigentlich war Gosling Lens Vorgesetzter, nicht umgekehrt. Hier entschuldigte sich nun ein Oberaufseher für das, was er gemacht hatte, während ein einfacher Lagerarbeiter oben auf einem Gabelstapler saß und ihn anschrie. In anderen Depots wäre das ziemlich undenkbar gewesen. Irgendwie tat Gosling mir leid, weil er es nur gut gemeint hatte. Gleichzeitig war ich felsenfest davon überzeugt, daß Oberaufseher sich nie in den glatten Ablauf der Dinge einmischen sollten. Schon heute nachmittag hatte ich mit Watts' Einmischung wegen des Palettentransportwagens fertig werden müssen, und jetzt noch diese Geschichte hier. Es war klar, daß Len alles unter Kontrolle gehabt hatte, bevor Gosling ankam und ihm einen Knüppel zwischen die Beine warf. Das Ergebnis war, daß ich noch eine weitere halbe Stunde in Blackwell festhängen würde, bis das Problem gelöst war. Mit leerer Batterie konnte ein abgewürgter Gabelstapler nicht bewegt werden. Mit widerwilligem Gesichtsausdruck marschierte Len also hinüber in die Werkstatt, um einen Mechaniker zu suchen. Unterdessen war George von seinen Geschäften mit Osgood zurückgekommen. Mit einem Blick hatte er die Situation erfaßt.

»Bin sofort zurück«, sagte er und ging auf die Stufen zur Kantine zu.

Während diese kleineren Ereignisse ihren Lauf nahmen, merkte ich, wie Gosling ein- oder zweimal in Richtung Büro blickte. Dies veranlaßte mich zu der Frage, ob er auf Unterstützung von Osgood aus war oder einfach nur hoffte, daß kein gleichgestellter Kollege Zeuge seiner Demütigung geworden war. Denn um eine solche handelte es sich ganz sicher. Als Len endlich mit dem Mechaniker, Bob Smith, zurückkam, ignorierten sie beide Gosling mehr oder weniger. Er stand da und schaute verlegen zu, wie Bob die Motorabdeckung abnahm, die Batterie untersuchte und schließlich sein Urteil fällte.

»Die ist verbraucht. Aufladen zwecklos«, verkündete Bob. »Ich muß eine neue einbauen.«

Dies bedeutete einen Gang ins Lager. Gosling unterschrieb den nötigen Anforderungsschein, und dann lief Bob los, schüttelte dabei langsam den Kopf und fragte, ob alle glaubten, er hätte nichts Besseres zu tun, als herumzurennen und Gabelstapler zu reparieren.

Die Tür zur Treppe ging auf, und George kam rückwärts heraus mit einem Tablett mit fünf Bechern.

»Tee!« rief er. »Ich habe dir auch einen mitgebracht, Bob! Ich stelle ihn unten an die Stufen!«

Ich mußte in diesem Moment zugeben, daß George in derartigen Situationen wirklich gut war. Er hatte ein feines Gespür für menschliche Empfindlichkeiten, und die Art und Weise, wie er herumging und die Becher mit Tee verteilte, war ein Lehrgang in Diplomatie. Zuerst ging er auf Len zu, der den Becher schweigend und huldvoll entgegennahm, nachdem er erfahren hatte, daß sich darin natürlich zwei Stück Zucker befanden. Dann stellte George die anderen Becher ab, bevor er zu Gosling hinüberging, der mit unglücklicher Miene auf die Laderampe starrte.

»Der ist für Sie, Mr. Gosling. Ich dachte, Sie hätten vielleicht auch gerne einen.«

Tee für die Oberaufseher zu holen entsprach nicht den üblichen Gepflogenheiten, und Gosling hatte sicher nicht mit einer solchen Geste gerechnet. Daher zeigte er sich gleichzeitig überrascht und dankbar, als ihm ein Becher angeboten wurde.

»Danke, George«, sagte er. »Das ist sehr nett.«

3

Je mehr Zeit verstrich, desto größer wurde die Gefahr, daß Osgood sich plötzlich entschließen würde, sein Büro zu verlassen und herüberzukommen, um die Ursache für die Verzögerung herauszufinden. Theoretisch gesehen befanden sich er und Gosling auf der gleichen Hierarchiestufe, denn beide trugen silberne Dienstabzeichen, aber es bestand kein Zweifel, daß Osgood in der Hackordnung über ihm stand. Wenn er in diesem Augenblick aufgetaucht wäre, hätten die nachfolgenden Ereignisse vielleicht einen ganz anderen Verlauf genommen. Es sah aber eher danach aus, als habe er beschlossen, daß Gosling gut und gerne imstande war, jedes anfallende Problem selbst zu lösen. Osgood blieb also an seinem Schreibtisch.

Inzwischen waren noch ein paar andere UniVans in den Hof gefahren, und ihre Fahrer standen herum und warteten aufs Ausladen. Gosling sah ziemlich erleichtert aus, als Len losging, um mit ihnen zu reden. Bob Smith war unterdessen zurückgekommen und hatte sich darangemacht, den Gabelstapler zu reparieren. Meiner Ansicht nach stellte er sich beim Einsetzen der neuen Batterie ziemlich an, wenn man bedachte, daß er ein Mechaniker war, der einen UniVan an einem Tag komplett auseinanderbauen konnte. Er keuchte und schnaufte und fummelte herum, um die Batterie angeschlossen zu bekommen, und machte klar, daß er viel lieber drüben in der Werkstatt wäre und eine »richtige« Reparatur ausführen würde, als seine wertvolle Zeit mit uns zu vergeuden. Schließlich war es aber trotzdem geschafft.

»Das hätten wir«, sagte er und drehte sich zu Gosling. »Versuch mal, in Zukunft ein bißchen vorsichtiger zu sein.«

Nachdem Bob gegangen war, holte ich den Gabelstapler und lud den UniVan selbst aus, obwohl Gosling immer noch an genau derselben Stelle auf der Laderampe neben uns stand. Eigentlich sollten die Fahrer keine Gabelstapler bedienen, aber ich wußte, er würde nichts sagen. Und das tat er auch nicht. Nicht mit diesem leckeren heißen Becher Tee im Bauch.

»Ich gehe mal davon aus, daß es nichts für Merry Park gibt?« erkundigte ich mich. »Es hat schon die ganze Woche über nichts gegeben.«

»Äh ... nein, nein«, antwortete Gosling, nachdem er einen Blick auf seinen Dienstplan geworfen hatte. »Nein, Len hätte doch Bescheid gesagt, wenn es etwas geben würde, oder?«

»Normalerweise schon, ja.«

»Gut, also, dann könnt ihr ja losfahren.«

»Hast du gesehen, wie spät es ist?« fragte George.

Gosling starrte auf seine Uhr. »Ojemine«, sagte er. »Das habe ich gar nicht gemerkt. Bis um vier schafft ihr es nie im Leben nach Merry Park. Wohin soll denn der Palettentransportwagen da gebracht werden?«

»Oben nach Merry Park.«

»Na ja, so dringend wird das schon nicht sein«, verkündete Gosling. »Ich mache euch einen Vorschlag. Gebt mir eure Stechkarte, und ich schicke euch direkt zurück nach Long Reach. Sonst werdet ihr erst nach Feierabend fertig.«

Noch nie hatte ich George sich so schnell bewegen sehen. Innerhalb von dreißig Sekunden stürzte er die Stufen hinunter, in die Fahrerkabine und mit der Karte in der Hand zurück. Als nächstes schrieb Gosling die Nummer seines Dienstabzeichens darauf und unterschrieb neben den Worten »Dienst nach Vorschrift«.

Was bedeutete, daß wir letzten Endes doch zu unserem vorgezogenen Feierabend kommen würden.

Da wir für diesen Tag keine weiteren Lieferungen ausstehen hatten, mußten wir nur noch den UniVan nach Long Reach zurückbringen. Dann konnten wir nach Hause gehen.

»Laß dir das nicht so sehr anmerken«, sagte ich leise zu George, als wir die Stufen von der Laderampe heruntergingen. »Du weißt doch, wie Len das findet, wenn Leute vor der Zeit nach Hause geschickt werden.«

Glücklicherweise war Len schwer beschäftigt, als wir aus dem Hof fuhren. Wahrscheinlich sah er uns nicht einmal. Inzwischen war der Arbeitstag so weit vorgerückt, daß der PLAN zu neuem Leben erwacht war. Bei unserer Ankunft mitten am Nachmittag hatte Blackwell ziemlich verlassen gewirkt, aber jetzt waren erste Vorbereitungen für die Rückkehr der UniVans im Gange. Kurz bevor wir uns davonmachten, waren Mick Dalston und Charlie Green von irgendwoher aus dem Gebäudeinneren wieder aufgetaucht, sicherlich um Len zur Hand zu gehen, während sich Osgood in Stellung begab, um aus seinem Büro geschossen zu kommen. In den anderen Teilen des Depots verfolgten Angestellte, Manager und die Kantinendamen, wie die Uhr langsam vorwärts rückte, ebenso wie die Mechaniker, der Schlüsseldienst, die Torwache und die Hausmeister. Gerade als wir losfuhren, kamen die ersten Vans nach und nach zögerlich durch die Tore getuckert, und als wir die Ringstraße erreicht hatten, war alles voller UniVans auf der Heimfahrt in ihre jeweiligen Depots. Jeden Tag gab es diesen Ausbruch von Geschäftigkeit, wenn die Fahrzeuge ihre letzte Tour nach Hause antraten. Einige hatten vielleicht während der letzten Stunde diskret in einer nahe gelegenen Seitenstraße geparkt und auf den richtigen Moment gewartet. Andere waren wahrscheinlich abseits der offiziellen Route in eigener Sache unterwegs gewesen. Die Mehrzahl hatte jedoch einfach ihre vorschriftsmäßige Pflicht erfüllt und dabei Zeitvorgaben eingehalten, die sie so ungefähr um zwanzig nach vier zu ihrer Heimatstation zurückgeführt hatten. Das war jedenfalls die Idee. In Wirklichkeit tauchten von vier Uhr an Vans an den Toren auf, auch wenn es ihrer Besatzung nicht erlaubt war, sich vor Ablauf einer weiteren halben Stunde aus dem Staub zu machen.

Sie riskierten auch einen Eintrag durch die Oberaufseher, die über Leute, die zu früh zurückkamen, die Stirn runzelten. Als wir nach Long Reach hineinfuhren, parkten bereits eine Anzahl Vans im Hof, und Collis ging herum und hielt ihren Fahrern eine Standpauke.

»Schaut mal, Leute«, sagte er, »uns ist es egal, wenn ihr kurz vor knapp Schluß macht. Uns ist das wirklich egal, wir haben uns vor Jahren darauf geeinigt, aber jetzt übertreibt ihr es ein bißchen: Um fünf nach vier! Findet ihr nicht? Versucht doch bitte, den Arbeitstag einzuhalten, in Ordnung, Leute? Es sind doch schließlich nur acht Stunden.«

Niemand nahm auch nur im geringsten Notiz von ihm.

Der einzige, der eine akzeptable Entschuldigung vorzuweisen hatte, war Bill Harper, der es geschafft hatte, seinen UniVan vor allen anderen in die Waschstraße zu fahren, wie er es an jedem anderen Wochentag machte. Er guckte jetzt zu, wie sich die großen Rollen drehten und literweise Wasser über den glänzenden Lack spritzten. Es war unwahrscheinlich, daß die Oberaufseher einen Angestellten zur Rede stellen würden, der seinen Van dermaßen sauber hielt.

Als ich Collis unsere abgezeichnete Stechkarte zeigte, bedeutete er mir, bis zur Laderampe vorzurücken. Dank Goslings Unterschrift mußten wir heute nicht das Auschecken abwarten. Ich drehte mich zu George und sagte: »Dann mal los, schöne Ferien, und mach dir mal wegen deiner Kuchen keine Sorgen.«

»Danke«, antwortete er und stieg aus. »Bis Montag in zwei Wochen.«

»Ja, mach's gut.«

An der Rampe parkte noch ein anderer UniVan. Ich warf einen Blick auf sein Kennzeichen und erkannte das Fahrzeug wieder, an dessen Steuer ich Steve Moore an diesem Morgen gesehen hatte, als sich unsere Wege auf der Ringstraße gekreuzt hatten. Dann sah ich auch Steve selbst. Er ging die Treppe zum Hauptbüro hinauf.

»Steve!« rief ich.

Ich war mir sicher, daß er mich gehört hatte, aber anstatt mir zu antworten, beschleunigte er seinen Gang und ging weiter die Treppe hinauf. Als ich ausstieg, war er verschwunden. Offensichtlich hatte er keine Lust auf eine Unterhaltung. Ich schloß also zu, gab die Schlüssel ab und machte mich auf den Heimweg.

* * *

Das war am Freitag. Am nächsten Montag stempelte ich um zehn vor acht ab und ging dann in den Betriebsraum, um Bob Little zu treffen. Wie immer stand er hinter der Theke und brütete über den Zeitplänen, als läge darin die geheime Lösung zu irgendeinem Welträtsel verborgen.

»Morgen, Bob«, sagte ich. »Wen gibst du mir für diese Woche?«

»Ach, Morgen«, sagte er und blickte auf. »Eigentlich hätten wir gerne, daß du einen Neuen mitnimmst, wenn dir das nichts ausmacht.«

»Einen Neuen?« wiederholte ich. »Was ist denn mit Dave Parfitt oder Pete Fentiman? Kann ich nicht einen von den beiden haben?«

»Tut mir leid«, antwortete Bob. »Die sind schon verplant.«

»Wen kriege ich denn?«

»Hilfsfahrer Jonathan Fairley. Er braucht jemanden, der ihn in alles einweiht. Wir dachten, du bist der beste dafür.«

Bob betonte dieses »Wir«, als hätte irgendein spezielles Komitee eigens beschlossen, daß ich mich um den Neuankömmling kümmern sollte, und als würde dessen Zukunft im PLAN von den wertvollen Ratschlägen abhängen, die allein ich ihm geben konnte. Die Wahrheit war natürlich sehr viel einfacher: Es gab gerade niemand anderen.

»Also gut, in Ordnung«, sagte ich. »Aber ich erwarte zum Ausgleich, daß ihr mir auch einen Gefallen tut.«

»Natürlich«, antwortete Bob. »Ach, übrigens: Hat irgendwer dir gegenüber was von einem Palettentransportwagen für Merry Park gesagt?«

»Äh … ja. In Blackwell drüben war einer übrig. Wir haben ihn Freitag geholt.«

»Das ist gut«, sagte Bob. »Vielleicht hören die dann jetzt mal auf, mich deswegen zu nerven.«

»Wo ist denn nun dieser Jonathan Sowieso?«

»Ich habe ihn losgeschickt, dich zu suchen. Ich nehme an, er ist da draußen irgendwo. Sei nett zu ihm, ja?«

»Klar, bin ich. Bis dann.«

»Tschüs.«

Draußen im Gang stieß ich auf Jonathan. Er studierte den Dienstplan, und vom ersten Blick an wußte ich, daß er neu war. Zu dieser Tageszeit herrschte ein einziges Getümmel, weil jeder an der Stechuhr vorbei- und seinen Van für die Tagestour fertigmachen mußte. Die meisten Leute kannte ich, entweder mit Namen oder zumindest vom Grüßen. Was alle gemeinsam hatten, war die Uniform, die bei niemandem mehr ganz faltenfrei war. Dieser neue Angestellte sah hingegen wie eine Schaufensterpuppe aus. Hemd, Hose und Jacke waren offensichtlich erst an diesem Morgen frisch ausgepackt worden. Er wirkte darum etwas steif, wie er da so den Dienstplan studierte. Nach der ersten Wäsche in der Maschine oder der ersten Trockenreinigung würde es wie eine Garnitur normaler Kleidung aussehen. Im Moment jedoch schien er sich ziemlich unwohl zu fühlen.

»Diesen Dienstplan versteht man erst, wenn man eine Weile hier war«, sagte ich zur Begrüßung.

»Na ja, ich habe eigentlich gerade versucht, mir einen Reim darauf zu machen«, antwortete Jonathan. »Ich habe mir das schon ein paarmal angeschaut.«

»Kein Grund zur Sorge: Das lernst du schnell. Wie lange bist du schon beim PLAN dabei?«

»Zehn Tage.«

»Also hast du die Grundausbildung schon hinter dir?«

»Ja.«

»Dann mach' ich dir einen Vorschlag: Ich organisiere uns beiden eine Tasse Tee und ein Doughnut, und du holst die Schlüssel für den Van. Weißt du, wo der Schlüsselraum ist?«

»Klar.«

»Also dann, es ist der UV 55. Wir treffen uns an der Laderampe.«

Er marschierte erst einmal in die falsche Richtung los, bevor er seinen Irrtum bemerkte und umdrehte. Unterdessen ging ich über die Straße zum Café, wo der Tee dreimal oder möglicherweise sogar viermal schneller ausgeschenkt wurde als oben in der Kantine. Dann lief ich hinüber zur Laderampe und wartete. Dort standen ein Dutzend oder mehr UniVans, alle mit laufendem Motor, damit die Heizung in der Fahrerkabine auf Touren kam. Meiner parkte neben dem von Bill Harper, der hinten an der Ladefläche stand und zusah, wie Chris Peachment das Fahrzeug belud. Auf der ganzen Länge der Rampe waren die gleichen Aktivitäten im Gange, während vollbeladene Paletten von Männern auf Gabelstaplern hin und her bewegt wurden. Horsefall beobachtete die Vorgänge die ganze Zeit von seinem Büro an der Querseite der Rampe. Die Tatsache, daß er nicht aufkreuzte, deutete darauf hin, daß an diesem Morgen alles glattlief.

Als Bill mich sah, kam er rüber, um mit mir zu quatschen.

»Ist Richard schon aus dem Urlaub zurück?« fragte ich.

»Nein«, antwortete Bill. »Er hat noch eine Woche frei.«

»Wieso geht ihr nicht zur selben Zeit in Urlaub?«

»So funktioniert das nun mal nicht, oder? Nur weil wir Brüder sind. Selbst wenn wir verheiratet wären, würden sie uns wahrscheinlich unseren Urlaub zu verschiedenen Zeiten geben.«

»Könnte sein.«

»Außerdem«, setzte er hinzu, »verbringe ich schon jede Woche genügend Zeit mit ihm. Da will ich nicht auch noch mit ihm in Urlaub fahren.«

»Wen hast du denn dann diese Woche dabei?«

»Denselben wie letzte Woche. Du weißt schon, der Typ, der noch eingearbeitet werden muß.«

»Ach so«, sagte ich. »Ich habe auch einen Neuen.«

»Wie ist der so?«

»Scheint in Ordnung. Wie ist deiner?«

»Weiß ich noch nicht«, sagte Bill. »Erinnerst du dich: Ich habe dir doch erzählt, daß er alles mitschreibt?«

»Ja.«

»Na ja, also, er stellt die ganze Zeit irgendwelche Fragen. Das macht mich wahnsinnig. Will wissen, warum wir von diesem Depot zu jenem fahren, warum wir zu bestimmten Zeiten losmüssen, und so weiter.«

»Kannst du ihm nicht sagen, daß das nun mal so ist?«

»Mache ich doch«, sagte Bill. »Aber er will wissen, warum.«

Genau in diesem Moment kam Jonathan mit besorgtem Gesicht zurück.

»Hast du die Schlüssel bekommen?« fragte ich.

»Äh … nein, habe ich nicht«, antwortete er. »Der Mann hinter der Luke wollte sie mir nicht geben.«

Als Bill das hörte, grinste er und schüttelte den Kopf.

»Ach so, ja, entschuldige«, sagte ich. »Ich hätte dich warnen sollen. Mit Arthur muß man sehr vorsichtig umgehen. Was genau hast du zu ihm gesagt?«

»Nur ›Kann ich die Schlüssel für den UV 55 haben?‹«

»Mehr nicht?«

»Ja. Na ja … nein.«

»Was denn sonst?«

»Die Sache ist die: Als ich da ankam, war er um die Ecke außer Sichtweite. Ich mußte also meinen Kopf durch die Luke strecken, um ihn auf mich aufmerksam zu machen. Ich glaube, meine genauen Worte waren: ›Entschuldigen Sie, kann ich die Schlüssel für den UV 55 haben?‹«

»Und was hat er gesagt?«

»›Nein, kannst du nicht.‹«

»Das wird immer schlimmer mit ihm«, bemerkte Bill.

»Also gut, hör mal«, erklärte ich. »Arthur ist ziemlich eigensinnig, wem er die Schlüssel aushändigt, und wenn du ihn auf dem falschen Fuß erwischt, kann er sehr unangenehm sein.«

»Was habe ich denn Falsches gesagt?« fragte Jonathan.

»Wahrscheinlich nichts, aber vielleicht fand er dich sarkastisch.«

»Wie komme ich also an die Schlüssel?«

»Ich mach' dir einen Vorschlag«, sagte ich. »Horsefall glotzt schon wieder. Heute hole ich sie, sonst kommen wir zu spät weg. Schau mal: Hier ist eine Tasse Tee und ein Doughnut für dich.«

»Danke«, sagte Jonathan. »Was bekommst du dafür?«

»Nichts. An deinem ersten Tag mußt du nichts bezahlen.«

Ich überließ Bill die Erklärung, wie man am besten mit Arthur umging, und zog los, um auszuprobieren, ob ich mehr Erfolg bei ihm hatte. Als ich in den Schlüsselraum kam, war die Luke geschlossen, was immer ein schlechtes Zeichen war, aber auf ein paar höfliche Klopfzeichen hin machte Arthur sie auf. Hinter ihm, auf numerierten Haken, hingen Unmengen von Schlüsseln.

»Ja, bitte?«

»Morgen, Arthur«, sagte ich. »Die Fünfundfünfzig bitte.«

»Die Fünfundfünfzig?«

»Ja, bitte.«

»Die scheint ja auf einmal sehr begehrt zu sein«, sagte er, drehte sich zum Schlüsselbord und griff nach dem entsprechenden Schlüsselbund. »Gerade war schon mal jemand bei mir und fragte danach.«

»Ja«, sagte ich. »Den hatte ich geschickt.«

»Ach so, der kam von dir, oder wie?« sagte Arthur. »Das muß ja schön sein, jemanden zu haben, der nach der eigenen Pfeife tanzt. Sehr schön.«

Noch immer hielt er die Schlüssel fest und ließ sie von seinem Zeigefinger baumeln, während er so dastand und mich durch die Luke ansah. Ich schielte auf die Uhr über ihm. Es war zehn nach acht.

»Ehrlich gesagt«, sagte ich, »bin ich ein bißchen in Eile.«

»Ja«, antwortete Arthur. »Dein Freund war auch ein bißchen in Eile. Jeder ist ein bißchen in Eile. Alle erwarten von mir, daß ich springe.«

Langsam und betont bedächtig wandte er sich einer Kladde auf dem Pult neben ihm zu, nahm einen Stift und schrieb die Ziffer 55 an das Ende einer langen Liste. Dann endlich händigte er mir die Schlüssel aus.

»Danke«, sagte ich.

»Schon in Ordnung«, sagte Arthur und schloß die Luke.

Als ich zur Rampe zurückkam, wartete dort bereits Chris Peachment mit einem Gabelstapler und mehreren Paletten. Er redete mit Jonathan. Sie schienen sich gut zu verstehen. Inzwischen waren die meisten anderen Vans schon abgefahren, aber noch immer wurden hier und dort ein paar beladen. Ich schloß die Rolltür auf und warf einen Blick ins Innere, auf den Palettentransportwagen von Freitag, der immer noch darauf wartete, nach Merry Park geliefert zu werden. Dann wuchtete Chris das Zeug hinein, und ein paar Minuten später waren wir abfahrbereit.

»Also gut«, sagte ich zu Jonathan. »Weißt du, wohin wir fahren?«

»Ja«, antwortete er. »Das habe ich im Betriebsraum nachgesehen. Wir fahren von hier zum Depot in Blackwell, dann nach Cotton Town. Da gibt's Mittagessen, dann fahren wir zurück nach Blackwell, dann nach Merry Park und hierher zurück.«

»Sehr gut.«

»Warum fahren wir zweimal nach Blackwell?«

»Die Zeitpläne sehen das nun mal so vor«, erklärte ich. »Vergiß nicht, daß wir mit anderen Vans aus anderen Depots abgestimmt sein müssen. Und zwar so, daß wir alles die ganze Zeit über in Bewegung halten.«

»Aber wird das nicht langweilig, zweimal zum selben Ort zu fahren?«

»Das ist noch gar nichts«, sagte ich. »Manche Touren sind noch viel eintöniger. Die Sechzehn, zum Beispiel. Die geht von hier nach Rudgeway und zurück, vier Mal.«

»Du meine Güte.« Jonathan sah ziemlich entsetzt aus.

»Keine Bange«, sagte ich. »Alle Touren sind genau abgemessen und so. Eigentlich ein ziemliches Kinderspiel.«

»Und wann kann ich mal ans Steuer?«

»Oh, noch eine ganze Weile lang nicht. Du mußt das zuerst einmal als Assistent durchstehen und die wichtigsten Touren lernen. Aber zu guter Letzt wirst du auch mal hinter dem Steuer sitzen.«

»Aber wann denn?«

»In ein paar Jahren.«

»Ach.«

»Hör mal, es ist zwanzig nach acht, wir machen uns besser mal auf. Hast du dir von Chris den Lieferschein geben lassen?«

»Klar.«

»Also gut, dann mal los.«

Als ich um den Van herumging, entdeckte ich einen Zettel unter dem Scheibenwischer. Darauf stand: »Bitte bei der Werkstatt vorbeifahren wg. Kuchen.«

»Ach ja«, sagte ich laut. »Das hatte ich ganz vergessen.«

»Was?« fragte Jonathan.

»Nichts Wichtiges«, antwortete ich. »Rein mit dir.«

Anstatt in Richtung Haupttor zu fahren, lenkte ich den Van in einem großen Bogen quer über den Hof und hielt neben der Werkstatt. Dann stieg ich aus und fummelte am Außenspiegel herum, als müßte ich prüfen, ob er richtig eingestellt war.

Hinter mir sagte eine Stimme: »Ich habe da etwas für dich.«

Im Eingang zur Werkstatt stand Rob Marshall mit einem breiten Grinsen auf dem Gesicht.

»Oh«, sagte ich. »George hat dich also auch eingespannt? Ich habe mich schon gefragt, wie er die Sache auf dieser Seite einfädeln würde.«

Rob führte mich nach drinnen zu einer Werkbank. Darauf waren ungefähr zwölf rosa und weiße Schachteln gestapelt.

»Was ist das denn?« sagte ich. »Mir hat er erzählt, es würden nur ein paar sein.«

»Das hat er mir auch gesagt«, gab Rob zurück. »Und heute morgen um halb acht kamen dann diese alle.«

»Wer hat sie denn vorbeigebracht?«

»Keine Ahnung. Sie tauchten plötzlich auf, als wir alle hinten zu tun hatten.«

»Ich dreh' ihm den Hals um.«

Rob half mir, die Schachteln auf Jonathans Seite in der Fahrerkabine zu verstauen, wo sie vor neugierigen Blicken sicher waren. Ich hegte keinen Zweifel, daß Horsefall bestens über Georges Kuchen Bescheid wußte und entsprechend geschmiert worden war. Aber trotzdem würde es nicht schaden, den Ball flach zu halten, nur so zur Sicherheit. Jonathan sah so aus, als wollte er etwas sagen, als wir die Schachteln um ihn herum stapelten, aber dann überlegte er es sich anders. Statt dessen saß er stumm auf dem Beifahrersitz und fühlte sich sichtlich unbehaglich.

Als wir Long Reach endlich verließen, stand nur noch ein einziges anderes Fahrzeug im Hof. Dieser einsame UniVan parkte an der Rampe, und als wir daran vorbeifuhren, sah ich den Fahrer vorne in der Kabine. Es handelte sich um Steve Moore, der schon wieder ganz alleine war. Dieses Mal machte ich mir nicht die Mühe zu winken. Wir rollten aus dem Tor hinaus und schlugen die Richtung der Ringstraße ein, an Jonathans erstem Tag als Hilfsfahrer.

Die Lage der Dinge auf der Runde Nummer siebzehn war die gleiche wie immer. Alles, was wir heute morgen eingeladen hatten, ging ab nach Blackwell, die ganze Fuhre. Ich hatte keinen Schimmer, was wir anschließend dort abholen oder weiter zu den anderen Depots fahren sollten, und dieses Quentchen Ungewißheit ließ den Job schon weniger monoton werden. Jonathan wollte hingegen alle Details wissen und bombardierte mich die ganze Fahrt über mit Fragen. Ich mußte an Bill Harper denken, wie er mir erzählte, sein Lehrling mache ihn noch wahnsinnig. Offenbar war ich jetzt dran.

Andererseits war es gut, daß diese Neuen so begierig waren, etwas über den PLAN und all seine inneren Funktionsweisen zu erfahren, und ich nahm an, daß diese Fragerei nach einer Weile aufhören würde.

Trotz unserer verspäteten Abfahrt liefen wir auf die Minute pünktlich in Blackwell ein. Einige andere Vans wurden bereits abgefertigt, aber an der Rampe war noch eine Parklücke frei, in die ich das Fahrzeug rückwärts hineinsetzte. Innerhalb von Minuten war Len Walker mit seinem Gabelstapler aufgetaucht und fing mit dem Abladen an. Jonathan schlenderte unterdessen zwischen den verschiedenen Stapeln von Kisten umher und hielt von Zeit zu Zeit an, um ihre Etiketten zu prüfen.

»Wo ist Eden Lacy?« fragte er schließlich.

»Keine Ahnung«, antwortete ich. »Das muß eines von den Depots außerhalb unseres Einzugsgebiets sein. Du weißt doch, es gibt Hunderte davon, überall in der Gegend verteilt. Es könnte an jedem beliebigen Ort im Land sein. Was steht noch drauf?«

»Gummiringdichtungen, Größe 2: 12 Dutzend. Stocks Green, Long Reach, Blackwell, Eden Lacy.«

»Na ja«, sagte ich. »Das kann vieles heißen. Irgendwann früher oder später wird diese Kiste von hier abgeholt und nach Eden Lacy verfrachtet. Vielleicht sind denen da die Gummiringdichtungen ausgegangen. Oder vielleicht auch nicht. Vielleicht schicken sie sie nach einer Weile auch einfach nur weiter.«

Während wir uns unterhielten, war Len mit dem Abladen fertig geworden, stellte sich jetzt zu uns und hörte interessiert zu. Nach dem Ausbruch von Geschäftigkeit mitten am Vormittag wurde es in Blackwell jetzt, wo es auf das Mittagessen zuging, ruhiger. Ein Stück weiter die Rampe hinunter war Charlie

Green mit dem einzigen anderen Van beschäftigt, der noch nicht fertig war. »Beschäftigt« war eigentlich nicht das richtige Wort. In der Zeit, in der Len bei uns ausgeladen hatte, war es Charlie gelungen, eine einzige Palette aus dem Fahrzeug zu holen. Die meiste Zeit dazwischen hatte er damit verbracht, mit dem Fahrer zu reden. Wenn alles mit rechten Dingen zuginge, hätten Gosling oder Osgood oder ein anderer der Oberaufseher vorbeikommen und ihm sagen müssen, er solle einen Zahn zulegen, aber im Augenblick war keine Spur von irgendeinem von ihnen zu sehen. Charlie redete also einfach weiter. Len schüttelte sichtbar verächtlich den Kopf und stieg dann die Treppe hinauf nach oben in den Aufenthaltsraum. Jonathan und ich machten uns bereit für die Abfahrt.

Als wir zurück in die Fahrerkabine kletterten, fiel mein Blick auf den Stapel Kuchenschachteln, und ich erinnerte mich, daß ich bei Sandro vorbeifahren mußte. Wir hatten Zeit genug. Als ich den Zwischenstop dort einlegte, richtete ich es darum so ein, daß Jonathan nicht miteinbezogen wurde, und trug die Kuchen alleine in die Backstube, mußte dafür allerdings zweimal gehen. Sandro steckte bis zum Hals in Arbeit, genauso wie seine drei Kollegen, aber wir wechselten trotzdem ein paar freundliche Worte.

»Wie geht es dir, mein Freund?« fragte er und nahm mir einen ganzen Stapel Schachteln ab.

»Ausgezeichnet, danke«, antwortete ich. »Das sieht aber nach Arbeit aus hier.«

»Ach, Arbeit, Arbeit, Arbeit!« sagte er. »Ich habe immer welche!«

Ich blickte auf die Schweißtropfen, die ihm über die Stirn rannen, und fragte mich, wie lange es Charlie Green wohl an einem solchen Platz aushalten würde.

Wie immer mußte eine Schachtel abgeholt werden, nämlich diejenige, die Pete Giggs auf der Runde Nummer sieben übergeben werden sollte. Als ich damit zum UniVan zurückkam, konnte sich Jonathan eine Frage wegen der Schachteln nicht mehr verkneifen.

»Bitte entschuldige, wenn ich frage«, sagte er. »Aber ist es nicht verboten, Güter in der Fahrerkabine zu befördern?«

»Es handelt sich nicht um ein Gut«, antwortete ich. »Es ist ein Kuchen.«

»Aber trotzdem …«

»Hör mal«, sagte ich. »Mach dir darüber mal keine Sorgen. Keiner wird irgendwelche Fragen stellen wegen einer Schachtel, und selbst wenn das einer tut, übernehme ich die volle Verantwortung, okay?«

»Na gut, wenn du dir da sicher bist.«

»Klar bin ich das. Die vom Management kümmern sich nicht um solche Dinge. Ihre einzige Sorge ist, die Vans im Zeitplan zu halten, damit alle Abholungen und Lieferungen zusammenpassen. Das ist das einzige, was sie interessiert, also entspann dich, und genieße die Fahrt, wie jeder andere auch.«

»In Ordnung«, sagte Jonathan. »Ich versuch's.«

»Und vergiß nicht, daß du für den Spaß bezahlt wirst.«

Diese letzte Bemerkung entlockte ihm ein Lächeln, und als er sich auf dem Beifahrersitz zurücklehnte, merkte ich, wie er sich zunehmend wohler fühlte. Bald befanden wir uns wieder auf der Mittagsrunde nach Cotton Town, gondelten die Ringstraße entlang und hatten Zeit genug, um über die Vorteile des Lebens im PLAN zu sinnieren. Denn was konnte schließlich schöner sein als ein Ausflug in einem UniVan an einem sonnigen Frühlingsmorgen? Klar, ich gebe zu, diese hier waren etwas schwach und klapprig, und der Reiz, sie zu fahren, nutzte sich ab, sobald man erst einmal ein paar Jahre hinter dem Steuer gesessen hatte. Aber noch jedesmal, wenn ich aus dem Augenwinkel das Spiegelbild meines Fahrzeugs in der riesigen Glasfront eines Bürogebäudes erblickte, schien es mir, als könnte es keine bessere Art und Weise geben, seinen Lebensunterhalt zu verdienen.

Denn ohne jeden Zweifel war der UniVan eine glorreiche Erfindung! Mit seinem charakteristischen, dunkelblauen Metallic-Lack und den silbernen Streifen, seinem bulligen Profil, den Trittbrettern und dem Kühlergrill aus Chrom war er zu einem gefeierten Nationalsymbol geworden, das alle kannten und liebten! Darüber hinaus stand er für eine grandiose Idee, die nicht nur funktionierte. Man konnte ihr sogar beim Funktionieren zuschauen!

Allerdings muß ich einschränkend hinzufügen: Es gab auch Leute, deren Begeisterung für UniVans doch ein bißchen zu weit ging. Als wir eine Straße zu einer Anhöhe hinauffuhren, bemerkte ich eine Gruppe von Männern, die auf einem Betonpfeiler saßen. Wir fuhren vorbei, und alle starrten uns durchdringend an.

»Wer sind denn die?« fragte Jonathan, als ich ihn auf sie aufmerksam machte.

»Fans«, antwortete ich. »Sie schreiben gerne die Nummern auf.«

»Aber ich dachte, das machen nur Kinder.«

»Aber nein«, sagte ich. »Die da nehmen das alles sehr ernst. Sie kennen die Zeitpläne besser als die Oberaufseher, und einige besitzen sogar einen eigenen Van.«

»Wo bekommen sie die denn her?«

»Wenn sie hunderttausend Meilen auf dem Buckel haben, werden sie versteigert.«

»Und sie fahren tatsächlich mit ihnen herum?«

»Nein, das tun sie nicht. Sie würden gerne, wenn sie dürften, aber das ist nicht erlaubt, darum stellen sie sie in ihren Garten.«

»Na ja, aber warum lassen sie sich nicht einfach im PLAN anstellen?« schlug Jonathan vor. »Dann könnten sie herumfahren, soviel ihr Herz begehrt.«

»Frag mich nicht«, antwortete ich. »Die sind bekloppt, aber so richtig.«

Nachdem ich anscheinend Jonathan davon überzeugt hatte, daß man eine beneidenswerte Existenz führte, wenn man dafür bezahlt wurde, einen UniVan herumzufahren, schlich sich nun seltsamerweise ein beunruhigender Gedanke in meinen Kopf. Eigentlich war es nichts als eine vage Irritation, also eigentlich kaum etwas, aber dennoch war sie da. Soweit ich das sagen konnte, war sie in Blackwell ausgelöst worden, als wir dieses Etikett zu sehen bekommen hatten, auf dem Eden Lacy stand. Zuerst konnte ich mir keinen Reim darauf machen, warum der Name eines entfernten und unbekannten Depots mich so beschäftigte. Dann wurde mir bewußt, daß das genau der Grund war: Weil ich niemals dort gewesen war. Obwohl ich schon fünf Jahre im PLAN dabei und viele Straßenmeilen abgefahren war, hatte ich eigentlich nur die sieben Depots auf unserer Runde zu sehen bekommen, nämlich Blackwell, Cotton Town, Rudgeway, Bell Tower, Stocks Green, Merry Park und natürlich Long Reach. Ich wußte auch noch, wo die Depots von Royal Pond und Castle Gate lagen, obwohl ich nie Gelegenheit gehabt hatte, eines von ihnen anzusteuern. Von einem Depot namens Eden Lacy hatte ich jedoch noch nie zuvor gehört. Und sosehr ich meinen Job auch mochte, fand ich plötzlich, daß das irgendwie auch etwas sehr Einschränkendes hatte: Immer dieselben paar Straßen entlangzufahren, hin und zurück, tagein, tagaus. Es wäre doch schön, dachte ich, wenigstens ein einziges Mal in eine andere Richtung zu fahren.

Wie auf ein Stichwort hin bemerkte ich einen grauen Blitz irgendwo rechts von mir. Wir befanden uns immer noch auf der Anhöhe und hatten eine gute Sicht über ein weites Gebiet von Dachgiebeln, Parks und Gärten. Unterhalb von uns befand sich die ehemalige Hauptstraße, die zehn Jahre zuvor durch den Bau der Ringstraße abgelöst worden war. Von der Last des Durchgangsverkehrs befreit, war sie heutzutage zu einer angenehmen, breiten Allee geworden. Und auf dieser rollte ein einsamer UniVan entlang, mit wer weiß welchem Ziel.

4

Als wir an diesem Nachmittag nach Blackwell zurückkamen, mußte ich als erstes dringend Osgood sprechen. Ich griff mir die einzige verbliebene Schachtel, ließ den UniVan in Jonathans Obhut zurück und marschierte Richtung Büro. Osgood war dort und sah mit den Füßen auf dem Schreibtisch sehr entspannt aus.

»Laß mich raten«, sagte er, als er die Schachtel erblickte. »Ein Kuchen für Pete Giggs.«

»Ja, bitte«, antwortete ich. »Wenn es dir nichts ausmacht.«

»George hat dich wohl eingespannt, was?«

»Ja, heute morgen mußte ich schon ein gutes Dutzend herumfahren.«

»Da will ich nichts von wissen«, sagte Osgood. »Und du solltest besser den einen hier drunter verstecken. Ich habe gehört, daß Nesbitt wieder herumschleicht.«

»Nesbitt?« sagte ich bestürzt. »Was macht der denn hier?«

»Das wüßte ich auch gerne. Keiner weiß, was der sich so denkt. Manchmal bekommen wir ihn monatelang nicht zu Gesicht, dann plötzlich entschließt er sich, auf einen Besuch vorbeizukommen. Anscheinend ist er vor ein paar Tagen ohne Vorwarnung in Bell Tower aufgekreuzt. Saß dort acht Stunden lang im Raum für die Oberaufseher. Und sagte kein einziges Wort.«

»Na ja, ich hoffe, er kommt nicht hierher.«

»Das hoffe ich auch«, sagte Osgood. »Das kannst du mir glauben.«

Ich verstaute den Kuchen unter seinem Schreibtisch, bedankte mich bei ihm und ging dann zur Rampe zurück, wo Len und Jonathan inzwischen tief in ein Gespräch versunken waren.

»Ich hoffe, du gibst ein gutes Vorbild für ihn ab«, sagte Len, als ich zu ihnen stieß, »und hältst ihn bei der Stange.«

»Ich tue mein Bestes«, antwortete ich.

»Das ist gut. Wir möchten nicht, daß er ins andere Lager abdriftet.«

Ein Blick auf Jonathan verriet mir, daß er keine Ahnung hatte, von was Len sprach. Dennoch unternahm ich keinen Versuch, ihm das alles zu erklären, denn ich wußte, es würde nicht lange dauern, bis er es selbst herausfinden würde. Gleichzeitig wurde mir klar, daß Len mich längst als einen Verbündeten in dem Kreuzzug betrachtete, den er führte, nämlich den Acht-Stunden-Pauschaltag zu erhalten.

Ich muß schon zugeben, daß ich Lens Anliegen verstand. Der Erfolg des PLANS beruhte in erster Linie auf dem schönen Schein. Er war beliebt, weil die Leute ihm Tag für Tag beim Funktionieren zuschauen konnten. Wenn ein UniVan vorbeifuhr, rief er dem Betrachter in Erinnerung, daß überall im Land Männer und Frauen einer einträglichen Beschäftigung nachgingen. Acht Stunden Arbeit für acht Stunden Lohn: Das war die Abmachung, und jeder fand sie fair. Was Len Sorgen bereitete, war die Nachsichtigkeit der Oberaufseher im Umgang mit den vielen, die früher Schluß machten. Er betrachtete das als Gefahr für die öffentliche Unterstützung für den PLAN, und offensichtlich dachte er, ich sei seiner Meinung. Also, natürlich war ich das im Prinzip, aber ehrlich gesagt mochte ich den vorgezogenen Feierabend, wie wir das nannten, hin und wieder ziemlich gerne. Es war eine nette Sache, das eine oder andere Mal um vier Uhr nach Hause zu gehen, wenn nichts mehr anfiel. Oder sogar schon um halb vier. Sicher, das war nichts Selbstverständliches, aber dennoch wollte ich es ungern ganz missen. Was Lens Andeutung mit dem »anderen Lager« betraf, meinte er vermutlich Charlie Green und Konsorten. Schon wahr, Charlie trieb es gelegentlich etwas weit, besonders wenn er es mit sanfteren Charakteren wie Gosling zu tun hatte. Alles in allem war ich jedoch überzeugt, daß Lens Befürchtungen unbegründet waren.

Und noch etwas wußte ich mit Sicherheit: Daß Jonathan und ich heute keinen vorgezogenen Feierabend würden machen können. Noch immer hatten wir den Palettentransportwagen von Freitag an Bord, der darauf wartete, nach Merry Park gebracht zu werden. Diese letzte Tour ließ sich also nicht umgehen. Len lud die drei Paletten aus, die wir aus Cotton Town hergebracht hatten, dann schloß ich die Rolltür und ließ das Schloß zuschnappen. Als wir aufbrachen, sah ich, wie er Jonathan einen freundlichen Klaps auf den Rücken gab.

»Sehr wichtiger Ort, Merry Park«, sagte ich, als wir aus dem Tor rollten. »Das ist das Zentrallager für diese Region. Unmengen UniVans werden da durchgeschleust, von überall her.«

»Wie kommt es dann, daß wir dort nichts außer dem Transportwagen abliefern müssen?« fragte Jonathan.

»Gute Frage«, gab ich zurück. »Ja, in der letzten Zeit war es ein bißchen ruhig, aber das bedeutet gar nichts. Manchmal bist du den ganzen Tag über bis zur Oberkante bepackt: Das hängt einfach davon ab, was aus den verschiedenen Depots hereinkommt. Wenn es so wie jetzt ist, versuchen wir einfach, das Beste daraus zu machen.«

»Also fahren wir nicht die ganze Zeit einen leeren UniVan durch die Gegend?«

»O nein. Ganz im Gegenteil.«

Tatsächlich lag Jonathan mit seinen Beobachtungen gar nicht so daneben, wie ich tat. Bei genauerem Überlegen wurde mir klar, daß ich eigentlich seit dem Dienstag der vorherigen Woche nicht mehr in Merry Park gewesen war, und wenn ich mich nicht täuschte, auch nur, um eine einzige große Kiste hinzubringen. Ich konnte mich nicht erinnern, in den vergangenen paar Monaten, oder sogar noch länger, dort je mehr als die eine oder andere Palette abgeliefert zu haben. Dann dämmerte mir, daß trotz des Rufs von Merry Park als einem Dreh- und Angelpunkt im reibungslosen Ablauf des PLANS der dortige Umschlag in Wahrheit nur gering war, insbesondere im Vergleich mit den Depots von Long Reach oder Blackwell. Diese Einsicht fand sich bestätigt, als wir eine halbe Stunde später ankamen und in den Hof rollten. Abgesehen von den vier UniVans, an denen wir beim Hereinfahren auf der Zufahrtsstraße vorbeigefahren waren und dem Dutzend oder so, die an der Rampe parkten, fand rings umher wenig statt, was nach wirklicher Geschäftigkeit aussah. Statt dessen standen eine Handvoll Männer herum und untersuchten den Betonboden oder schauten mit großem Interesse auf das Stahldach. Was die Zahl der Vans anging, die tatsächlich be- oder entladen wurden, so ging ihre Anzahl gegen null.

Nicht, daß das etwas ausgemacht hätte, natürlich nicht. Wie ich bereits sagte, zählte nur der schöne Schein, und nach ihm zu urteilen, war dieses Depot ein Vorbild an Effizienz. Als ich an die Rampe zurücksetzte, trat Bert Hawkes, der Transportmanager von Merry Park, seinen täglichen Gang vom Hauptbüro zur Werkstatt an, eine Strecke von ungefähr siebzig Yard. Der Zweck bestand darin, die Auftragszettel für die UniVans einzusammeln, die im Laufe des Tages repariert worden waren, und diejenigen vom Tag zuvor zurückzubringen. Unterdessen gingen mehrere Fahrer einander dabei zur Hand, ihr Fahrzeug durch die Waschanlage zu bugsieren (um sicherzustellen, daß die Spiegel nicht verstellt würden und so fort). Die Rampe selbst war fast vollständig freigeräumt von Gütern, ein weiteres Zeichen von Effizienz, und die drei Gabelstapler, die auf ihren Einsatz warteten, sahen blitzblank poliert und gut geölt aus.

Mitten in dieser Situation kletterten Jonathan und ich aus unserem Van, öffneten die Rolltür und machten uns daran, den Palettentransportwagen zu übergeben. Im Unterschied zu Blackwell, wo Len sich innerhalb von Sekunden auf einen stürzte, erforderte es in Merry Park ein gewisses Ausmaß an Geduld, bis man abgefertigt wurde. Aus Erfahrung wußte ich, daß sich die Belegschaft hier aus zwei verschiedenen Typen zusammensetzte. Die Leute der ersten Kategorie waren ziemlich kooperativ, sogar hilfsbereit, aber auch sehr schwer zu finden, da sie den Großteil des Tages zurückgezogen in den Tiefen des Depots verbrachten. Wenn man sie beispielsweise mitten beim

Kartenspiel unterbrach, legten sie ziemlich bereitwillig alles aus der Hand und kamen mit zum Entladen. Unglücklicherweise setzte das eine detaillierte Kenntnis des Gebäudes voraus, denn Kartenspiele fanden nicht etwa oben im Aufenthaltsraum statt, sondern in einem zurückgesetzten Anbau. Zu diesen Einsiedlern zählten solche Männer wie Ernie Turner, Kenny Knowles und Mick McVitie.

Die andere Gruppe war immer irgendwo auf der Rampe zu finden, schien aber nicht sehr am Ausladen von UniVans interessiert (besonders nach drei Uhr, wenn sie mit dem Fegen für den abendlichen Betriebsschluß begannen). Sie versammelten sich üblicherweise um einen Lagerhalter namens Billy Barker, der auf mich wie eine Art Sprachrohr für den Rest wirkte. Bei unserer Ankunft hatte ich Billy, auf einen Besen gelehnt, am hinteren Ende der Rampe entdeckt, aber als wir jetzt mit geöffneter Tür dort parkten, war keine Spur von ihm zu sehen. Ich versuchte statt dessen, einen seiner Kumpane auf mich aufmerksam zu machen, einen Typen namens Beak. Zwischenzeitlich hatte er sich abseits von seinen Freunden aufgehalten und war jetzt dabei, zu ihnen zurückzugehen. Als er mich sah, versuchte er, hinter einem Gabelstapler zu verschwinden, aber ich fing ihn ab, als er auf der anderen Seite wieder hervorkam. Da er mir nicht weiter ausweichen konnte, blieb er stehen.

»Ja bitte, Kumpel?«

»Wartet ihr auf einen Palettentransportwagen?«

»Nein, Kumpel.«

»Na schön, aber wer denn dann?«

»Keine Ahnung, Kumpel.«

Ich war nicht wirklich in der Stimmung, derart zum Affen gemacht zu werden, nicht um diese Tageszeit, darum drehte ich mich um in Richtung des Oberaufseherbüros und sagte: »Also gut, dann muß ich rübergehen und Mr. Huggins fragen.«

Das erzielte die nötige Wirkung auf Beaks Verhalten.

»Hör mal«, sagte er. »Hol ihn raus, und wir kümmern uns drum.«

Genaugenommen war es nicht mein Job, irgend etwas rauszuholen, aber ich wollte an diesem Punkt kein Theater machen. Ich fügte mich also und zog den Transportwagen auf die Rampe. Während ich das tat, kam Billy Barker zu uns herüber. Offensichtlich hatte er sich dazu entschieden, nachdem er gesehen hatte, daß es keine Kisten zu entladen gab.

»Hallo«, sagte er. »Wo kommt der denn her?«

»Cotton Town«, antwortete ich.

»Das dachte ich mir. Das ist der, den Trevor King von der Rampe geschubst hat.«

»Woher weißt du das?«

»Schau dir mal den Griff an«, sagte Billy. »Er ist in der Mitte verbogen.«

»Ach du meine Güte«, sagte ich. »Trevor King. Ein Name aus der grauen Vorzeit. Was ist aus ihm geworden?«

»Der ist gefeuert worden, oder nicht?«

»Gefeuert worden? Niemand wird aus dem PLAN entlassen.«

»Trevor schon.«

»Was? Weil er einen Transportwagen über die Rampe geschubst hat?«

»O nein«, sagte Billy. »Das passierte, nachdem er gefeuert worden war.«

»Aber was hat er denn dann Schlimmes gemacht?«

»Er hat einen UniVan über Nacht mit nach Hause genommen.«

»Was!«

»Es goß wie aus Kübeln, und er hatte keine Lust zu laufen. Es hätte auch keiner was gemerkt, wenn er nicht am nächsten Tag zu spät gekommen wäre. So aber war der Hof leer, als er um halb neun endlich einrollte. Er wurde auf der Stelle entlassen und ließ seine Wut an dem Transportwagen aus.«

Schwer zu sagen, wieviel von Billys Geschichte wirklich wahr war, aber es reichte aus, um das Eis zu brechen. Seit unserer Ankunft in Merry Park hatte Jonathan etwas verloren und pikiert neben dem Van gestanden. Jetzt fiel er in das Lachen ein und schien sich wohler zu fühlen. Grinsend wandte sich Billy an ihn und sagte: »Laß dir das eine Lehre sein!«

Eine Bewegung im Hof erregte meine Aufmerksamkeit. Ich sah Bert Hawkins seinen Rückweg von der Werkstatt zum Hauptbüro antreten. Das bedeutete, daß wir bereits seit fast zwanzig Minuten in Merry Park standen und den Transportwagen immer noch nicht losgeworden waren!

»Also gut«, sagte ich. »Wer zeichnet das ab?«

»Keine Ahnung«, sagte Billy schulterzuckend. »Wer hat ihn bestellt?«

»Keine Ahnung«, antwortete ich.

»Na ja, dann können wir ihn aber doch nicht übernehmen.«

»Warum kann ich ihn nicht einfach in irgendeiner Ecke stehenlassen?«

»Du machst wohl Witze«, sagte er. »Wie lange bist du schon beim PLAN dabei?«

Diese Frage erforderte natürlich keine Antwort. Da von Huggins (oder irgendeinem anderen Zuständigen in dieser Angelegenheit) weit und breit nichts zu sehen war, beschloß ich, das beste wäre, den Transportwagen wieder einzuladen und nach Long Reach zurückzufahren. Wenn irgendwer auf die Idee kam, ihn doch haben zu wollen, könnte ich immer noch an einem anderen Tag wiederkommen. Es ging auf vier Uhr zu. Während Billy und seine Freunde fortfuhren, feierlich die Rampe zu fegen, machten Jonathan und ich uns startklar für unsere Abfahrt vom Depot Merry Park.

»Übrigens«, sagte ich, als wir wieder in der Fahrerkabine saßen. »Hier gibt es jemanden, mit dem man sich besser gutstellt.«

Ich ließ den Motor an und steuerte den Van langsam über den Hof auf das Torhaus zu. Weit oben konnte ich John Jones hinter seinem Fenster sitzen sehen. Wie immer beugte er sich über eine Zeitung und ließ nicht erkennen, ob er unsere Anwesenheit bemerkt hatte.

»Der sieht alles, dieser John«, sagte ich. »Kriegt alle Gerüchte mit. Sagt aber nichts, es sei denn, man fragt ihn. Lohnt sich, mit ihm zu können.«

Um meine Worte zu unterstreichen, hupte ich beim Vorbeifahren in der Hoffnung, daß John herunterkommen und ein paar nette Worte mit uns wechseln würde und ich so Jonathan beeindrucken könnte. John neigte diesmal jedoch nur kaum merklich den Kopf und las weiter. Das war das Vorrecht eines Torwärters.

»Und, kannst du gut mit ihm?« fragte Jonathan.

»Irgendwie schon«, antwortete ich.

Unsere sinnlose Fahrt nach Merry Park hatte den Vorteil, daß wir uns keine Sorgen zu machen brauchten, vor der Zeit in Long Reach einzutreffen. Während andere Fahrer sich herumdrücken mußten, um die Zeit totzuschlagen, konnte ich das Gaspedal durchdrücken und den ganzen Weg nach Hause auf der Ringstraße entlangrasen. Wir genossen die flotte Tour und rollten genau um Viertel nach vier durch das Tor. Natürlich war um diese Zeit ein ziemliches Treiben auf dem Hof: Mehr als ein Dutzend UniVans standen bereits an der Rampe aufgereiht. Gegenüber parkten die übrigen. Ich hielt am Ende der Reihe, notierte die Tagesmeilen und schloß den Van ab. Dann gingen Jonathan und ich zu Rob Curtain hinüber, den ich neben seinem Fahrzeug hatte stehen sehen. Nahe beim Oberaufseherbüro hatte sich eine große Gruppe Fahrer, Hilfsfahrer sowie Lagerhalter versammelt, alle in auffällig kurzer Entfernung zur Stechuhr, aber keiner so nah, daß es zu offensichtlich wäre.

Um achtzehn Minuten nach machte jedoch Bryan Tovey einen Schritt nach vorne und läutete die Glocke an der Stechuhr.

»Guten Abend!« rief er.

Oben im Büro saß Horsefall mit dem Rücken zur Tür. Als er die Glocke hörte, warf er wie zufällig einen Blick auf seine Armbanduhr, zeigte aber sonst keinerlei Reaktion.

Bryan läutete die Glocke noch einmal.

»Guten Abend!«

Keine Antwort.

Die Uhr rückte vor auf neunzehn Minuten nach.

Glockenschlag.

»Guten Abend!«

Keine Antwort.

Ron schüttelte den Kopf über Bryans Streich. »Er könnte sich ja auch mal was Neues einfallen lassen, oder?« bemerkte er. »Jeden Abend das gleiche Theater.«

Jetzt machte auch noch Pete Fentiman mit, läutete immer abwechselnd mit Bryan die Glocke und rief »Guten Abend«. Ein erwartungsvolles Gemurmel erhob sich in der Menge der Zuschauer, aber noch immer schien die Uhr nicht willig, weiter als vier Uhr neunzehn vorzurücken.

Ein weiterer Glockenschlag beförderte Horsefall endlich an die Tür. »Das reicht!« krächzte er vom oberen Ende der Treppe. »Um vier zwanzig hört ihr auf, und keine Minute früher!«

»Entschuldigung«, sagte Bryan. »Ich wollte nur guten Abend sagen, sonst nichts.«

Jetzt nahm er sich heraus, seine Stechkarte in den Schlitz zu stecken und seine Hand zum Abdrücken bereit über die Glocke zu halten.

»Komm schon, Uhr«, sagte er. »Mach mal voran.«

Es tickte einmal, und dann brach Jubel an der Rampe aus.

»In Ordnung«, sagte Horsefall. »Haut ab.«

Wilde Geschäftigkeit setzte ein, als fast fünfzig Männer am Ende ihrer Schicht auscheckten. Trotz der großen Menge ging das ziemlich geordnet vonstatten, weil jeder wußte, wer vor ihm zurückgekommen war und wer erst danach. Im Ständer steckten natürlich schon ein paar Karten von den Glücklichen, die es geschafft hatten, sich früher abzumelden. Die meisten von uns mußten jedoch warten, bis wir an der Reihe waren, und ich hatte meine Karte um halb fünf immer noch nicht abgestempelt.

»Deswegen gestattet man uns unsere Acht-minus-zehn«, erklärte ich Jonathan. »Offiziell sollte das die Schließzeit sein, aber in Wirklichkeit ist es zum Auschecken.«

»Ist Acht-minus-zehn das gleiche wie ein vorgezogener Feiertag?«

»Du meinst vorgezogener Feierabend.«

»Ach ja, entschuldige. Vorgezogener Feierabend.«

»Nein. Das ist etwas anderes. Auschecken heißt, du mußt deine Karte abstempeln. Vorgezogener Feierabend heißt, du mußt genau das nicht.«

»Aber ich kann sowieso nicht abstempeln«, sagte er. »Ich habe keine Karte bekommen.«

»Nein«, sagte ich. »Du bist für die gleiche Runde eingeteilt wie ich, also haben wir nur eine Karte. Wenn du erst einmal weißt, wie das funktioniert, können wir uns abwechselnd sofort zu Beginn der zehn Stechminuten aus dem Staub machen.«

»Oh, ich verstehe«, murmelte er mit erstauntem Gesichtsausdruck. »Ich glaube zumindest.«

Als Jonathan auf das Haupttor zuging, wurde mir klar, daß er an seinem ersten Tag ganz schön viel verdauen mußte, mit dem Lernen der Strecke und der Besichtigung der verschiedenen Depots, die alle so ihre Besonderheiten hatten. Gleichzeitig wußte ich, es würde nicht lange dauern, bis er den Dreh raushatte und daß er sich nach ein paar Tagen Routine schon daran gewöhnen würde.

Trotzdem war ich am nächsten Morgen ziemlich erstaunt, als ich bei meiner Ankunft unseren UniVan schon mit laufendem Motor an der Rampe einsatzbereit vorfand. Mit einem kurzen Blick in die Fahrerkabine stellte ich fest, daß die Heizung angestellt worden war und es bereits schön warm wurde. Dann tauchte Jonathan auf.

»Ich war bei Arthur wegen der Schlüssel«, verkündete er. »Also dachte ich mir, ich könnte den Wagen ja schon einmal anlassen und herfahren.«

»Oh … äh … gut gemacht«, sagte ich. »Er hat dir also die Schlüssel einfach gegeben, oder wie?«

»Ja«, sagte Jonathan. »Das war kein Problem. Habe mich eigentlich ganz nett mit ihm unterhalten.«

»Was, mit Arthur?«

»Genau.«

»Worüber denn?«

»Über dies und das. Anscheinend ist er von Anfang an beim PLAN dabeigewesen. Er meint, er könne anhand der Zeiten, zu denen die Schlüssel zurückkommen, sagen, wer welche Runde fährt.«

»Das sieht Arthur ähnlich.«

»Soweit ich das mitbekommen habe, hält er sehr wenig von denen, die einen vorgezogenen Feierabend machen.«

»Ja«, sagte ich. »Er ist ein ziemlicher Verfechter des Pauschalarbeitstages.«

»Wo wir schon davon sprechen«, sagte Jonathan und wedelte mit der Stechkarte. »Ich habe schon mal gestochen, damit du das nicht machen mußt.«

»Danke.« Ich nahm die Karte an mich, die er schon zum Teil ausgefüllt hatte. »Willst du etwa auch den ganzen Tag am Steuer sitzen?«

Schon in dem Augenblick, als mir diese Bemerkung herausrutschte, merkte ich, daß sie unverschämt und überflüssig war. Zum Glück hörte Jonathan sie nicht, denn in diesem Moment kam Chris Darling mit einem Gabelstapler an.

»Sechs Paletten für euch heute«, kündigte er an. »Alle für Blackwell.«

»Schon in Ordnung«, antwortete Jonathan, bevor ich auch nur den Mund aufmachen konnte. »Da wird Len schön was zu tun kriegen.«

Als nächstes schob er die Rolltür hoch und schaute zu, wie Chris die erste Palette hineinschob. Ich fühlte mich etwas überflüssig und ging hinüber zum Café, um Tee und Doughnuts zu holen. An einem der Tische saß Steve Moore vor einem opulenten Frühstück.

»Bist du noch bei Trost?« sagte ich. »Weißt du, daß es schon acht ist?«

»Immer mit der Ruhe«, antwortete Steve. »Ich habe noch lange Zeit. Willst du dich dazusetzen?«

»Nein, danke. Ich bin auf dem Sprung.«

Ich warf einen Blick auf den Tisch. Darauf stand nicht nur ein Teller mit Würsten, Eiern, Pilzen, Tomaten, Blutwurst, Baked Beans und getoasteten Brotscheiben, sondern auch Brot und Butter auf einem Extrateller, ein Glas Orangenmarmelade, Toast, eine Kanne Tee, Tasse und Untertasse, Milch, Zucker und drei verschiedene Zeitungen. Steve sah aus, als hätte er alle Zeit der Welt.

»Erklär mir das mal«, sagte ich. »Erst sehe ich dich völlig unbekümmert auf den kleinen Nebensträßchen auf und ab fahren, und jetzt sitzt du hier mit deinen Extrawürsten und beschäftigst dich mit der großen Politik.«

Steve lächelte und räkelte sich. »Na ja«, sagte er gähnend. »Wenn man erst einmal so lange beim PLAN dabei ist wie ich, hat man hin und wieder das eine oder andere Privileg verdient.«

»Was machst du denn?«

»Ach, du weißt schon. Bißchen hier. Bißchen da. Ich mache mich nützlich.«

Die selbstzufriedene Art, mit der Steve das sagte, ließ mich ahnen, daß er nicht die Absicht hatte, die Details des krummen Geschäfts, in das er verwickelt war, offenzulegen. Denn zweifellos handelte es sich um ein krummes Geschäft. Kein Fahrer konnte um acht Uhr morgens untätig im Café herumsitzen, es sei denn, er hätte einen guten Grund dafür. Steve hatte offensichtlich einen, aber er verriet ihn nicht. Und was seine Behauptung betraf, er hätte wegen seiner langen Dienstzeit ein paar Privilegien verdient, so wußte ich mit Sicherheit, daß er nur ungefähr sechs Monate vor mir zum PLAN gekommen war! Ich machte mir jedoch nicht die Mühe, irgend etwas dazu zu sagen, holte statt dessen meine Doughnuts und ließ Steve mit seiner eingebildeten Visage allein am Tisch sitzen.

An der Laderampe vertrieb sich Jonathan jetzt die Zeit im Gespräch mit Horsefall, der anscheinend die sicheren vier Wände seines Büros verlassen und sich zu einer seiner »Touren« aufgemacht hatte. Diese bestanden im allgemeinen aus einem Erkundungsgang durch das Depot, bei dem er ins Innere der UniVans starrte und überall sonst hineinschaute, wonach ihm der Sinn stand. Da mir einfiel, daß wir immer noch den Palettentransportwagen von letzter Woche geladen hatten, sagte mir mein Instinkt, besser hinzugehen und die Rolltür herunterzuziehen. Aber ich stellte fest, daß Jonathan das bereits getan hatte.

Ich sah mir die beiden an, wie sie da gute zwanzig Feet entfernt von mir standen, und fragte mich, über was sie wohl redeten. Wahrscheinlich nichts Wichtiges, aber der Gedanke schoß mir durch den Kopf, daß Jonathan vielleicht einer von den Neuen war, die es für vorteilhaft hielten, sich gut mit den Oberaufsehern zu stellen. Wenn das so war, mußte er sich notgedrungen auf eine Enttäuschung einstellen. Oh, ich gebe zu, Horsefall war ein vernünftiger Mann, wie viele seiner Kollegen. Aber trotzdem: Noch nie hatte ich verstanden, was sie bewogen hatte, sich überhaupt um ihre Posten zu bewerben. Ich meine, sie hatten auch nur als Fahrer und Lagerhalter angefangen, genauso wie wir alle. Ein paar von ihnen stammten sogar aus der technischen Abteilung, dennoch hatten sie sich entschieden, ihr Handwerk aufzugeben, um über anderen zu stehen. Mit anderen Worten: Ich hing dem festen Glauben an, daß die Oberaufseher andere Absichten verfolgten als die gewöhnlichen Angestellten im PLAN und daß man ihnen deswegen mit Vorsicht begegnen sollte.

Andererseits gab es Situationen, bei denen es wichtig war, gute Beziehungen zu ihnen zu unterhalten. Bevor wir aus Long

Reach abfuhren, entdeckte ich einen neuen Zettel von George, auf dem er mich an seine Kuchen erinnerte. Das bedeutete, daß ich bei unserer Ankunft in Blackwell als allererstes eine Genehmigung von Osgood bekommen mußte.

»Geht das in Ordnung, wenn ich heute nachmittag den einen Kuchen hierlasse?« erkundigte ich mich und steckte meinen Kopf bei ihm durch die Tür.

»Ja«, sagte er. »Das müßte gehen. Stell ihn unter den Schreibtisch, wenn ich nicht da bin.«

»In Ordnung. Danke.«

Inzwischen hatte Jonathans angeborene Neugier ihn soweit gebracht, sich für die Kuchen zu interessieren.

»Das ist bloß eine kleine Nebentätigkeit meines regulären Hilfsfahrers«, erklärte ich, als wir uns Richtung Cotton Town aufmachten. »Komplett harmlos. Es handelt sich nur darum, hier und da ein paar Schachteln abzuliefern.«

Wie bereits am Tag zuvor mußte ein Dutzend Kuchen bei Sandros Backstube abgegeben werden. Bei unserer Ankunft dort bot Jonathan an, mir beim Reinbringen zu helfen, was mich freute. Sandro seinerseits war die Freundlichkeit in Person. Er bestand darauf, daß wir für ein paar Minuten auf eine Tasse Tee blieben.

»Mein Freund«, sagte er. »Du bist also Mitglied in unserem großartigen PLAN für Vollbeschäftigung geworden?«

»Ja«, antwortete Jonathan. »Das hier ist meine erste richtige Arbeitswoche.«

»Du hast glorreiche Zeiten vor dir«, erklärte Sandro. »Ganz glorreiche Zeiten.«

Als er das sagte, erinnerte ich mich wieder daran, was für eine hohe Meinung in der Öffentlichkeit von dem PLAN herrschte. Sandro war der am härtesten arbeitende Mann, den ich je gesehen hatte. Jeden Tag brachte er viele Stunden mit der Arbeit an heißen Öfen zu, gemeinsam mit seinen drei ergebenen Helfern, während wir ein lockeres Leben führten und mit unseren Vans durch die Gegend fuhren. Trotzdem redete er mit uns, als gehörten wir irgendeiner höheren Existenzform an und wären speziell vom Schicksal dazu auserwählt worden.

»Ja«, bemerkte ich. »Wir können uns eigentlich nicht beschweren.«

»Also gut, meine Freunde«, sagte Sandro. »Bis morgen.«

Er reichte mir den Kuchen für die Weiterfahrt, und wir verabschiedeten uns. Aus irgendeinem Grund war mir seine Backstube an diesem Vormittag besonders heiß vorgekommen. Es war darum angenehm, wieder nach draußen zu kommen. Ich blieb für einen Moment stehen, um die kühle Brise zu genießen, doch dann fühlte ich, wie mir ein kalter Schauer den Rücken herunterlief. Neben dem UniVan stand eine Gestalt in einem schwarzen Mantel mit einer schwarzen Schirmmütze.

»O nein«, murmelte ich. »Das ist Nesbitt.«

»Wer ist das denn?« fragte Jonathan, dem offensichtlich mein vorsichtiger Tonfall aufgefallen war.

»Goldenes Dienstabzeichen«, sagte ich. »Laß mich mit ihm reden.«

Nesbitt schaute nicht in unsere Richtung, aber ich hatte keinen Zweifel, daß er genau merkte, wie wir näher kamen. Während wir auf ihn zugingen, rührte er sich nicht und starrte auf das Vorderrad des Vans auf der Beifahrerseite.

»Morgen, Mr. Nesbitt«, brachte ich heraus.

»Morgen«, gab er zurück, ohne aufzusehen. »Schön, daß ihr zurückkommt. Zum Warten ist es hier ein bißchen kühl.«

»Ja, das kann ich verstehen.«

»Dann laßt uns alle mal einsteigen, was?«

»In Ordnung.«

Mit der verdächtigen Kuchenschachtel unter dem Arm kramte ich in meiner Tasche nach dem Schlüssel. Dann schloß ich auf, stellte den Kuchen drinnen ab und drehte mich um. Nesbitts Blick ruhte auf mir.

»Das ist ein komisches Blau.«

5

»Wo?«

»Dein Hemd.«

»Aber es ist das vorschriftsmäßige Blau für Angestellte.«

Nesbitt legte seinen Kopf in den Nacken und sah mich unter dem Mützenschirm hervor an.

»Es ist vielleicht das Blau für Angestellte«, sagte er. »Aber nicht vorschriftsmäßig.«

»Aber das war es mal.«

»Ja, ich war auch mal ein Säugling. Das Hemd ist vom letzten Jahr, also trenne dich davon und nimm ein frisches aus seiner schönen Zellophanverpackung. Du hast doch eines im neuen Schnitt bekommen, nehme ich an?«

»Ja.«

»Also gut. Ich erwarte von dir, daß du es das nächste Mal anhast, wenn ich dich sehe.«

»Okay.«

»Ich werde weiter keinen Wind darum machen, angesichts der Tatsache, daß gerade die Woche des guten Willens ist.«

»Danke.«

»Jetzt laßt uns mal hier draußen aus der Kälte verschwinden.«

Nesbitt machte einen Satz auf den UniVan zu und schwang sich auf den Beifahrersitz. Die Tür schloß er hinter sich. Gefolgt von Jonathan ging ich um den Wagen herum auf die Fahrerseite.

»Die Woche des guten Willens?« sagte ich mit gedämpfter Stimme. »Wovon redet der? Das ist doch Wochen her.«

Nesbitt war kein besonders großer Mann, aber als ich die Fahrertür öffnete und hineinsah, schien er die gesamte gegenüberliegende Seite der Kabine auszufüllen. Noch immer trug er seine Schirmmütze mit dem glitzernden Goldenen Dienstabzeichen daran. Er hielt den Blick starr auf die Windschutzscheibe gerichtet und wartete darauf, daß wir uns zu ihm gesellten. Für Jonathan war kaum genug Platz vorhanden, aber er mußte trotzdem einsteigen. Er kletterte also hinter dem Steuer vorbei und ließ sich schließlich auf der metallenen Motorabdeckung in der Mitte nieder. Er hatte eine ungemütliche Fahrt vor sich. Dann stieg ich neben ihm ein und schloß meine Tür.

»Ich dachte mir, ich mache mal eine kleine Spazierfahrt mit euch«, kündigte Nesbitt an. »Es ist schon eine Weile her, daß ich in dieser Gegend war, und ich möchte meine Erinnerung auffrischen. Tut bitte einfach so, als wäre ich nicht da.«

»Als nächstes fahren wir nach Cotton Town«, sagte ich bemüht zuvorkommend.

»Ja«, antwortete er. »Dessen bin ich mir bewußt.«

Ich ließ den Motor an und steuerte den UniVan hinaus in den Verkehr, in der Hoffnung, daß der Lärm uns davor bewahren würde, das Gespräch mit Nesbitt in Gang halten zu müssen. Für den Moment war das auch der Fall: Alle drei saßen wir still und stumm da, während wir die Ringstraße entlangrasten. Zwischendurch schielte ich immer wieder auf die Kuchenschachtel, die oben auf dem Armaturenbrett direkt vor Nesbitt lag und ihm zum Teil die Sicht nahm. Wie Jonathan an seinem ersten Tag erwähnt hatte, war es verboten, Güter in der Fahrerkabine zu befördern, aber bisher war noch kein Wort darüber gefallen. Ich strengte mich an, nicht zuviel daran zu denken, und konzentrierte mich darauf, zur vorgeschriebenen Uhrzeit in Cotton Town anzukommen. Das gelang mir auch, und wir rollten pünktlich um zwölf Uhr fünfundvierzig durch das Haupttor.

Es war interessant zu beobachten, welche Wirkung unsere Ankunft auf die Belegschaft des Depots hatte. Als wir in den Hof einbogen, stand Hoskins auf seinem Lieblingsplatz und stoppte bei jedem, der zum Mittagessen wollte, die Zeit. Er nickte uns flüchtig zu, als unser Fahrzeug an ihm vorbeifuhr. Als er aber sah, wer auf dem Beifahrersitz saß, nahm er fast

Habtachtstellung ein. Auch die Geschäftigkeit auf der Laderampe schien sich zu verdoppeln, nachdem ich zurückgesetzt und Nesbitt seine Tür geöffnet hatte. Innerhalb von Sekunden tauchte laut pfeifend Kevin Jennings auf und manövrierte seinen Gabelstapler in Einsatzposition hinter den UV. Kevins schrille Mißtöne alarmierten Cliff Clifford, der einen Augenblick später die Bühne betrat und einen extrabreiten Besen vor sich herschob. Es zog auch Watts an seine Bürotür. Er trat gerade daraus hervor, als Nesbitt die Stufen vom Hof heraufkam.

»Ach, hallo, Cyril«, sagte er, deutlich überrascht. »Was führt dich denn in diese Gefilde?«

»Neugier«, antwortete Nesbitt. »Diese beiden Gentlemen haben mich mitgenommen.«

So ins Zentrum der Aufmerksamkeit gerückt, versuchten sowohl Jonathan als auch ich, möglichst beschäftigt zu wirken. Ich hatte den neuesten Stapel von Laufzetteln dabei und fing jetzt an, ihn durchzublättern, um einen zu finden, der die Aufschrift Cotton Town trug. Unterdessen löste Jonathan die Arretierung, schob die Rolltür nach oben und machte den Blick frei auf den Palettenwagen, den wir seit einer Woche mit uns herumkutschierten.

Ein Augenblick verstrich, in dem ich aufsah und merkte, wie Jonathan einen Blick zu mir herüber- und dann wieder auf den Transportwagen warf. Kevin schaute auf den Transportwagen, dann auf mich. Watts sah Kevin an, dann den Transportwagen, dann mich. Niemand schaute Nesbitt an.

»Stimmt irgend etwas nicht?« fragte er.

»Äh … nein, nein«, antwortete Watts. »Ziemlich leichte Fracht heute, was?«

»Ja«, antwortete ich und nahm das Stichwort auf. »Für Blackwell hatten wir aber ganz schön viel.«

»Wirklich?«

»Ja.«

»Aber nichts für uns?«

»Nein. Dieser Transportwagen da ist unterwegs nach Merry Park.«

»Ach so«, sagte Watts und sah mich durchdringend an. »Ich verstehe.«

Unser stockender Wortwechsel versiegte ganz, als Nesbitt plötzlich einen Schritt ins Innere des UniVans machte. Ich schaute ihm zu, wie er mit geübter Hand über die Bremszugstange des Transportwagens strich.

»Das erinnert mich an früher«, sagte er. »Bevor alles elektrisch wurde.«

Natürlich war Nesbitts Bemerkung nicht als Auftakt zu einem gemütlichen Plausch über irgendwelche Goldenen Zeiten gemeint. Vielmehr war seine Absicht, alle Anwesenden an seine altersbedingte Überlegenheit und an seine Autorität über uns zu erinnern. Nicht, daß wir einer derartigen Erinnerungshilfe bedurft hätten. Kevin, Cliff und ich kannten seinen Ruf in- und auswendig, und wir wußten, daß sogar Watts, der nur das Silberne Dienstabzeichen vorweisen konnte, in Nesbitts Nähe seine Worte auf die Goldwaage legen mußte. Ihn mit »Cyril« anzusprechen war beispielsweise ein kalkuliertes Risiko gewesen. Hoskins verharrte unterdessen in höflichem Schweigen. Jonathan wußte als einziger nicht über die Bedeutung eines Goldenen Dienstabzeichens Bescheid, aber der Mann mit der schwarzen Schirmmütze schien ihn trotzdem einzuschüchtern.

Nachdem er eine Zeitlang in stiller Betrachtung auf den Transportwagen gestarrt hatte, wandte sich Nesbitt an Kevin.

»Habt ihr irgend etwas für Blackwell?« fragte er.

»Nur zwei Paletten«, antwortete Kevin.

Nesbitt warf einen Blick auf seine Armbanduhr.

»Zehn vor eins«, sagte er. »Zeit genug.«

Ohne ein weiteres Wort zu verlieren, schlug er den Weg zum Büro ein. Watts folgte ihm dicht auf den Fersen, während Kevin und alle anderen beim Aufladen der beiden Paletten auf den UniVan eine große Show abzogen, um zu demonstrieren, wie effizient wir waren. Um drei Minuten vor eins war die Sache erledigt, aber es kam nicht in Frage, sich zum Mittagsessen aus dem Staub zu machen. Statt dessen schnappten wir uns jeder einen Besen und fegten noch einmal die ganze Rampe. Erst um Punkt eins konnte man ruhigen Gewissens mit der Arbeit aufhören. Cliff und Kevin ließen ihr Werkzeug auf der Stelle fallen und marschierten zur Kantinentür.

»Geh mit den beiden mit und lern ein paar Leute kennen«, drängte ich Jonathan. »Spiel eine Runde Karten; die sind alle ziemlich nett.«

»Kommst du mit?« fragte er.

»Nein«, sagte ich. »Ich bleibe besser mal beim Van.«

Die nächste halbe Stunde schlug ich mich mit der Frage herum, was ich mit dem Kuchen machen sollte. Er stand da oben auf dem Armaturenbrett wie ein verdammtes Beweisstück, ein Schild, das die Tatsache verkündete, daß wir gegen eine der zentralen Regeln des PLANS verstoßen hatten. Die Beförderung von Privatgütern mit UniVans war sowohl in der Fahrerkabine als auch auf der Ladefläche nicht erlaubt, und wenn ich auch nur ein bißchen bei Trost war, sollte ich die Schachtel lieber sofort entsorgen. Andererseits hatte Nesbitt sie während unserer Fahrt nach Cotton Town mit keinem Wort erwähnt, was den Schluß nahelegte, daß er es vorzog, sie zu ignorieren. Die einzige Möglichkeit, sie an Pete Giggs weiterzugeben, bestand darin, sie nach Blackwell mitzunehmen. Schließlich entschied ich mich dafür, an meinem Plan festzuhalten und das Beste zu hoffen.

Ein zweiter Gedanke betraf Watts' und seine Reaktion, als er den Palettentransportwagen sah. Ich hatte Watts immer für unnachgiebig und autoritär gehalten, aber jetzt wurde mir klar, daß ich ihn falsch eingeschätzt hatte. Er hätte mich ohne Probleme reinreiten können, weil ich den Transportwagen nicht abgeliefert hatte, besonders in Nesbitts Anwesenheit. Statt dessen hatte er sich angestrengt, das Thema zu wechseln. Ich nahm mir vor, mir zu merken, daß Watts ein sanfteres Gemüt war, als ich zuvor gedacht hatte. Es war immer nützlich, derartige Dinge zu wissen.

Nesbitt hingegen war völlig undurchschaubar. Oswood hatte darauf hingewiesen, daß niemand wußte, wie er tickte, aber eigentlich war das noch eine deutliche Untertreibung. Nesbitt war ein vollkommen unabhängiger Einzelgänger. Seine einzige Aufgabe bestand darin, den glatten Ablauf des PLANS aufrechtzuerhalten. Ein Mann mit uneingeschränkter Macht. Er stellte über alles, was ihm in den Sinn kam, Erkundigungen an. Und heute hatte er entschieden, in unserem UniVan durch die Gegend zu fahren, aus Gründen, die nur er kannte. Ich ging davon aus, daß er pünktlich um ein Uhr dreißig zurückkommen würde. Um fünfundzwanzig nach setzte ich mich darum hinters Steuer und wartete. Dann war aber doch Jonathan als erster wieder da.

»Oben in der Kantine habe ich ein paar interessante Diskussionen gehört«, sagte er. »Eigentlich wurde sogar ziemlich heftig gestritten.«

»Worüber denn?« fragte ich.

»Na ja, am Tisch neben mir sprachen sie darüber, wie man am besten zu einem vorgezogenen Feierabend kommt.«

»Ach ja, und?«

»Ein Typ sagte, man müßte nur den ganzen Tag rumtrödeln, bis man so weit aus dem Zeitplan fällt, daß sie einem die Karte abzeichnen müssen. Dann sagte so ein anderer Typ, daß das falsch wäre und daß die beste Vorgehensweise wäre, sich mit einem bestimmten Oberaufseher gutzustellen, damit man schon im voraus eine Unterschrift bekommen könnte. Aber der erste Typ fand das nicht gut, weil das bedeutete, man schuldete denen dann einen Gefallen.«

»Stimmt.«

»Sie redeten die ganze Zeit darüber, früher Schluß zu machen, als würde sich ihr ganzer Tag nur darum drehen.«

»Für manche von denen ist das auch so.«

»Aber ich dachte, das hier sollte der PLAN für Vollbeschäftigung sein!«

»Schon ...«

»Na ja, ich weiß nicht, wie das klappen soll, wenn niemand genug zu tun hat.«

»Die Sache ist die«, sagte ich. »Es gibt einen Unterschied zwischen Vollbeschäftigung und der Tatsache, voll beschäftigt zu sein. Schon wahr, innerhalb des PLANS gibt es viel ungenutzte Arbeitskraft, aber es ist doch besser für die Leute, für wenig Arbeit bezahlt zu werden, als überhaupt keine zu haben, oder nicht?«

»Kann sein.«

»Aber trotzdem hast du recht«, pflichtete ich ihm bei. »Einige von ihnen neigen dazu, die Sache mit dem vorgezogenen Feierabend ein bißchen auszureizen.«

»Genau das hat ihnen auch noch so ein anderer Typ gesagt. Er heißt John, glaube ich. Plötzlich kam er an ihren Tisch und sagte, sie würden noch alles ruinieren, wenn sie so weitermachten.«

»Das war sicher John Ford«, sagte ich. »Er ist ein großer Anhänger des PLANS, aber auch sehr rechthaberisch.«

»Na ja, er hat die anderen ziemlich zusammengefaltet.«

»Und wie haben die reagiert?«

»Sie haben nur gelacht.«

Die Beifahrertür öffnete sich, und Nesbitt steckte seine Nase hinein.

»Wer hat gelacht?« wollte er wissen.

»Äh ... ein paar Leute oben in der Kantine«, antwortete Jonathan.

»Gut«, sagte Nesbitt. »Freut mich, zu hören, daß alle glücklich sind. Rutsch mal bitte.«

Während unseres Gesprächs hatte sich Jonathan auf dem Beifahrersitz breit gemacht und Nesbitts unmittelbar bevorstehende Rückkehr anscheinend ganz und gar vergessen. Jetzt war er wieder gezwungen, sich auf die Motorabdeckung in der Mitte zu setzen. Dann stieg Nesbitt ein, und wir setzten unsere Tagesrunde fort.

Im Laufe des nächsten Fahrtabschnitts fiel mir auf, wie schnell wir uns daran gewöhnt hatten, einen so wichtigen Passagier mit an Bord zu haben. Abgesehen davon, daß er jedes Gespräch, das über das absolut Notwendigste hinausging, unterband, beeinflußte seine Anwesenheit auch meinen Fahrstil. Innerhalb des PLANS gab es einen Verhaltenskodex, der unter anderem Rücksichtnahme auf andere Verkehrsteilnehmer vorschrieb. Der UniVan stand nachgerade sinnbildlich für den Inbegriff eines perfekt gelenkten Fahrzeugs, das sich die Straße mit allen anderen teilte. Die Wahrheit sah natürlich ganz anders aus. Aufgrund ihrer Größe und Trägheit waren die UniVans tatsächlich in den meisten Städten und Gemeinden die wichtigste Ursache für Verkehrsstockungen. Oft brachte das die schlimmsten Seiten der anderen Fahrer zum Vorschein. An den Anblick eines UV, der von Autos oder Lastwagen eingekeilt wurde, die verzweifelt versuchten, ihn zu überholen, hatte man sich gewöhnt. Deshalb neigten wir alle dazu, unseren Platz auf der Straße ziemlich grob zu verteidigen. Wir taten so, als würden wir nicht ein bescheidenes Nutzfahrzeug fahren, sondern einen Sturmpanzer. Heute war ich jedoch die Höflichkeit in Person. Unter Nesbitts scharfem Blick wurde ich der zuvorkommendste, rücksichtsvollste Fahrer, der je hinter einem Steuer gesessen hatte. Ich ließ allen und jedem die Vorfahrt und winkte denen, die mich überholten, freundlich zu. Nesbitt enthielt sich jedes Kommentars dazu und schaute auch nirgendwo anders hin als nach vorne auf die Straße gerade vor uns. Trotzdem wußte ich, daß er jede meiner Bewegungen registrierte.

Bei unserer Ankunft in Blackwell machte sich langsam Müdigkeit breit. Normalerweise wäre das die Gelegenheit für eine Tasse Tee gewesen, aber ich hatte das dumpfe Gefühl, daß uns das heute entgehen würde. Eine Sache stand jedoch fest: Das Depot war vorgewarnt worden. Daß sie von Nesbitts Ankunft wußten, konnte man schon an der Zahl der Angestellten erkennen, die auf der Rampe auftauchten, kaum waren wir in den Hof gebogen. Soweit ich sehen konnte, handelte es sich praktisch um die gesamte Belegschaft. Charlie Green und Mick Dalston waren eifrig dabei, einen riesigen Stapel unbenutzter Paletten sauber aufzuschichten, und wurden dabei von Dennis Clark und Steve Carter unterstützt. Unterdessen war Len Walker damit beschäftigt, seinen Gabelstapler in Position zu bringen. Als ich zurücksetzte, kam Gosling aus seinem Büro herunter und fing an, mich mit einer Reihe unverständlicher Handzeichen einzuweisen. Das machte das Manöver eigentlich schwieriger als sonst. Seit fünf Jahren fuhr ich nun schon Uni-Vans, aber wegen Gosling schaffte ich es erst im zweiten Anlauf, richtig an die Rampe heranzufahren. Dann stellte ich den Motor ab und wartete darauf, daß Nesbitt aussteigen würde. Doch er blieb wie angenagelt auf seinem Platz sitzen.

»Nun«, sagte er, »wir scheinen noch einen zusätzlichen Gegenstand an Bord zu haben.«

Er schaute direkt auf die Kuchenschachtel.

»Ach ja«, sagte ich.

»Dann laßt uns da doch mal reinschauen, was?«

Nesbitt beugte sich nach vorne, nahm die Schachtel vom Armaturenbrett und stellte sie auf seine Knie. Dann nahm er den Deckel ab. Darin befand sich ein mit gelbem Zuckerguß überzogener Kuchen. Außen herum war er mit kandierten Orangen und Zitronen verziert. In der Mitte befanden sich ein winziges Fahrrad aus Zucker sowie ein paar Kerzen drum herum und die Aufschrift: FÜR EINEN GANZ BESONDEREN KLEINEN JUNGEN, DER HEUTE FÜNF WIRD.

»Wie hübsch«, bemerkte Nesbitt. »Ist da Marzipan drin?«

»Davon gehe ich aus«, antwortete ich.

»Ich habe eine kleine Vorliebe für Marzipan.«

»Wirklich.«

»Eine ziemliche sogar.«

Ein paar Augenblicke lang erinnerte ich mich an meine eigene, weit zurückliegende Kindheit und die wochenlange Vorfreude auf meinen Geburtstag. Mir fiel ein, daß bei jenen lange vergangenen Anlässen der mit Kerzen verzierte Kuchen immer im Zentrum meiner jungenhaften Hoffnungen und Träume gestanden hatte, als Garantie, daß es noch viele glückliche Wiederholungen dieses Tages geben würde.

Dann wandte ich mich Nesbitt zu und sagte: »Möchten Sie ein Stück?«

»Gerne, vielen Dank«, sagte er. »Mit einer Tasse Tee würde sich das gut machen.«

Er setzte den Deckel wieder darauf, nahm die Schachtel unter den Arm und kletterte aus dem UniVan. Jonathan und ich sahen uns an und folgten ihm.

»Guten Abend, Cyril!« rief Osgood aus der Bürotür. »Ich habe schon Wasser aufgesetzt, wenn du so nett sein möchtest, hereinzukommen.«

Sollte Osgood gemerkt haben, was Nesbitt mit sich herumtrug, so ließ er es sich nicht anmerken. Professionell wie er war, stand er einfach da und hielt die Tür auf, während sein Oberaufseher die Treppe hinaufstieg und hineinging. Mir fiel auf, daß Gosling nicht eingeladen wurde, ihnen Gesellschaft zu leisten.

Len Walker schien sich offen und ehrlich über Nesbitts Besuch zu freuen.

»Hä hä!« sagte er immer wieder. »Heute wird wohl niemand früher hier wegkommen.«

Charlie und alle anderen schienen dies als unvermeidliche Tatsache akzeptiert zu haben. Nachdem sie ihren Stapel Paletten fertig aufgeschichtet hatten, konzentrierten sie sich als nächstes auf das Ausladen eines Vans, der nach mir angekommen war. Der Fahrer und sein Gehilfe waren von der Schnelligkeit, mit der sie diese Aufgabe erledigten, überrascht, als sie auf die Rampe geschlendert kamen und sahen, daß die Sache schon in vollem Gange war. Als man sie jedoch von Nesbitts Anwesenheit in Kenntnis gesetzt hatte, machten auch sie sich sofort daran, ihre Spiegel und Scheinwerfer intensiv zu polieren.

Gosling konnte seine Konzentration auf alle diese Aktivitäten lenken. Ungefähr fünfzehn Minuten lang, in denen die Tür zum Büro verschlossen blieb, schien er einigermaßen glücklich, die Vorgänge überwachen zu können. Als die Tür wieder aufging, waren wir alle eifrig mit unseren jeweiligen Aufgaben beschäftigt. Nesbitt kam heraus, die Kuchenschachtel unter den Arm geklemmt.

Halb hatte ich schon gehofft, er würde sich dafür entscheiden, den Rest des Nachmittags in Blackwell zu bleiben, besonders nach Lens Bemerkung, daß niemand früher wegkommen würde.

Sicherlich, dachte ich mir, hatte er jetzt genug davon, in einem UniVan herumzufahren. Aber ich täuschte mich. Noch immer mit der Kuchenschachtel unter dem Arm stieg er die Stufen herunter und marschierte zurück zu unserem Fahrzeug. Als Jonathan und ich hinter ihm herkrochen, warfen uns die anderen mitleidige Blicke zu. Osgood stand auf seiner Schwelle und sah durch und durch erleichtert aus, daß Nesbitts Aufenthalt ein Ende hatte.

Zurück in der Fahrerkabine, bemerkte ich die Kuchenschachtel, die auf dem Armaturenbrett thronte, als wäre sie nie dort weggenommen worden. Jonathan richtete sich auf seinem Sitzplatz ein, während Nesbitt dasaß und sein Notizbuch mit den Zeitplänen durchblätterte.

»Also gut«, sagte er. »Jetzt müßt ihr noch nach Merry Park fahren.«

»Ja«, antwortete ich. »Letzte Station des Tages.«

Nesbitt klappte das Buch zu und steckte es in seine Tasche.

»Na ja, mir steht eigentlich nicht der Sinn danach, nach

Merry Park zu fahren«, verkündete er. »Ihr habt hier doch nichts abgeholt, oder?«

»Nein, es gab nichts.«

»Ganz recht. Gib mir eure Stechkarte, und ich schicke euch direkt nach Long Reach zurück. Dann kommen wir alle ein bißchen früher nach Hause, was?«

»Äh … ja«, sagte ich und gab ihm die Karte. »Danke.«

»Da gibt's nichts zu danken«, sagte er. »Ich habe nur noch einen langen Weg vor mir.«

Während Nesbitt die Details notierte, fiel mir plötzlich ein, daß ich versäumt hatte, die Lieferscheine für die beiden Paletten, die wir abgegeben hatten, mit Len auszutauschen. Inmitten des Ausbruchs von Geschäftigkeit hatte ich dieses simple Ritual vergessen. Ich kletterte also aus dem Van und machte mich auf, ihn zu suchen. Als ich ungefähr drei Minuten später zurückkehrte, hielt Nesbitt noch immer die Karte in seinen Händen, schien sie jedoch jetzt genauer zu untersuchen. Da es sich um unsere letzte Woche auf dieser Tour handelte, waren die meisten Felder schon ausgefüllt.

»Scheinen ja ganz schön viele Unterschriften drauf zu sein«, bemerkte Nesbitt. »Sieht so aus, als wärt ihr im letzten Monat kaum in Merry Park gewesen.«

»Ja«, sagte ich. »Das stimmt.«

»Und jedesmal hat die gleiche Person unterschrieben.«

»Ja.«

»Mittwoch, Donnerstag und Freitag letzter Woche. Montag, Dienstag in der Woche zuvor. Freitag in der vorvorletzten Woche. Wessen Name ist das denn?«

Ich griff nach der Karte und ließ meine Augen über eine Reihe identischer Unterschriften gleiten. Jede bestand aus dem Buchstaben g mit einem langen Unterschwung.

»Äh … das ist die von Mr. Gosling, glaube ich.«

»Mr. Gosling«, wiederholte Nesbitt und nahm die Karte wieder an sich. »Ich verstehe.«

Er wühlte in den Tiefen seines Mantels und holte ein Notizbuch hervor. Einen Moment lang dachte ich, es müßte sich um das Buch mit den Zeitplänen handeln, das er vorhin angeschaut hatte, aber ein Blick darauf verriet mir, daß die Seiten darin leer waren. Als nächstes machte sich Nesbitt daran, Einzelheiten von unserer Stechkarte abzuschreiben. Darunter notierte er verschiedene eigene Kommentare. Dann steckte er das Buch wieder ein.

»Also gut«, sagte er. »Auf nach Long Reach.«

6

Als ich am nächsten Morgen in den Betriebsraum kam, rief mich Bob Little zu sich an den Schalter.

»Du brauchst gar nicht erst groß abzustempeln«, sagte er. »Ray Coppin möchte dich sprechen.«

»Weißt du, um was es geht?« fragte ich.

»Nein, keine Ahnung«, antwortete Bob. »Er hat nur gefragt, ob du um acht mal hochkommen könntest.«

»Also gut. Übernimmt irgendwer meine Tour?«

»Ja, wir haben Peter Lawrence gebeten, sie zu übernehmen.«

»Ach so, gut.«

Das war das allererste Mal, daß Ray mich zu sprechen wünschte, und ich hatte keine Ahnung, was er von mir wollte. Ich hoffte nur, daß es nichts mit Nesbitt zu tun hatte. Bevor ich jedoch die Treppe nach oben ging, mußte ich noch einmal zurücklaufen und den Kuchen aus unserem Fahrzeug holen. Peter Lawrence war jemand, der seinen Job todernst nahm, und ich war mir sicher, daß er nicht in die Sache mit Georges Kuchen hineingezogen werden wollte. Er gehörte auch zu dem Menschenschlag, der früh bei der Arbeit erschien. Als ich ihn sah, hatte er schon den Van aufgeschlossen und den Motor angelassen. Neben ihm stand Jonathan und schaute etwas verwirrt.

»Ich habe einen Termin beim Depotleiter«, erklärte ich. »Mach dir keine Sorgen: Peter wird sich schon um dich kümmern.«

»Kriegst du Schwierigkeiten?« fragte Peter.

»Ich glaube nicht«, sagte ich. »Aber das kann man nie sicher wissen. Hör mal, ich muß noch etwas aus der Fahrerkabine holen. Bis später.«

»Ja, bis später«, sagte er. »Auf geht's, Jonathan. Wir holen uns besser noch eine Tasse Tee, bevor wir losfahren.«

Ich beschloß, daß es am besten wäre, die Schachtel bei Rob Marshall in der Werkstatt zu lassen. Auf meinem Weg dorthin hob ich den Deckel an und schaute hinein. Der Kuchen war in perfektem Zustand, außer daß jetzt ungefähr ein Fünftel fehlte. Das winzige Fahrrad aus Zucker war unberührt. Als ich in der Werkstatt ankam, sah ich sechs weitere Schachteln abholbereit auf der Werkbank stehen. Von Rob war keine Spur zu sehen. Ich stellte also die Schachtel von gestern auf den Stapel, mit einem Entschuldigungszettel für George. Dann ging ich die Stufen zum Hauptbüro hinauf.

Es war lange her, seitdem ich zuletzt die kalten Fliesen entlanggegangen war, die zu Ray Coppin führten. Er war ein zurückhaltender Typ von Manager, den wir selten zu Gesicht bekamen, der aber bei der Belegschaft ziemlich beliebt war. Sein Zimmer befand sich am Ende eines breiten Korridors, auf dessen einer Längsseite das berühmte Wandgemälde von Long Reach prangte.

In kräftigen Farben waren dort Alltagsszenen des Lebens im PLAN festgehalten. Auf einem Teil der Fläche wurde gezeigt, wie UniVans von fleißigen Männern in schicken blauen Uniformen be- und entladen wurden. Auf einem anderen konnte man verfolgen, wie sie eine große, freie Hauptverkehrsstraße entlangfuhren, auf der der Verkehr ausschließlich aus UniVans bestand. Andere Szenen zeigten würdevolle Oberaufseher, lächelnde Hilfsarbeiter und entschlossene Torwärter, die im Geist der Kooperation zusammenarbeiteten. Im Zentrum prangte eine Acht-Stunden-Uhr unter einem goldenen Schriftzug. Dieser lautete: LABOR OMNIBUS.

Als ich an dem Wandgemälde entlanglief, schoß mir derselbe Gedanke durch den Kopf wie beim letzten Mal, als ich es gesehen hatte: Daß nämlich die dargestellten UniVans anders aussahen als die echten. Ein paar kleine Unterschiede, beispielsweise in der Breite der Windschutzscheibeneinfassung oder in der Krümmung des Kotflügels ließen diese Fahrzeuge viel eckiger aussehen als diejenigen, mit denen ich vertraut war. Die Folge war, daß es den Anschein hatte, als stammten sie aus einem ganz anderen Zeitalter. Die Arme der Männer waren auch viel dicker als in Wirklichkeit. Ich schob das auf den Künstler, dessen unleserliche Signatur in der Ecke am Ende des Wandgemäldes zu sehen war.

Auf der gegenüberliegenden Wand hing eine gerahmte Photographie des verstorbenen UniVan-Designers, Sir Ronald Thompson. Er trug eine Brille und sah auf dem Schwarzweißbild sehr streng aus. Zerstreut fragte ich mich, ob er das Wandgemälde je gesehen hatte und wie er darüber gedacht haben würde. Dann gelangte ich an eine Bürotür mit einem Messingschild, auf dem stand:

MR. RAYMOND COPPIN
DEPOTLEITER

Ich klopfte einmal.

»Herein.«

Als ich eintrat, stand Ray mit dem Rücken zum Schreibtisch und schaute aus dem Fenster. So konnte er den freien Blick über das niedrigere hintere Dach des Depots und eine Aussicht genießen, die nur durch den Lüftungsschacht eingeschränkt wurde, der an einer Seite aufragte.

»Ach«, sagte er, als er mich bemerkte. »Danke, daß Sie gekommen sind. Nehmen Sie doch bitte Platz.«

Ich setzte mich, während er zu einem Schrank seitlich von ihm ging und eine Akte heraussuchte. Dann ließ er sich mir gegenüber nieder.

»Dann mal los«, fing er an. »Zunächst habe ich nur eine oder zwei Fragen. Wie lange sind Sie schon beim PLAN dabei?«

»Ungefähr fünf Jahre«, antwortete ich.

»Und wie gefällt es Ihnen bisher?«

»Danke, gut.«

»Das ist schön.« Ray lehnte sich in seinem Stuhl zurück und verschränkte die Hände hinter dem Kopf. »Ja, ich denke, wir haben hier ein glückliches Depot. Jeder weiß, was er zu tun hat, und der Großteil der Arbeit wird immer erledigt. Oh, wir sind vielleicht nicht ein Ausbund an Effizienz, aber alles in allem ist der Fahrzeugbestand in einwandfreiem Zustand, und unsere Durchlaufleistung ist bei weitem über dem Durchschnitt. Ja, ich kann gut und gerne sagen, daß wir ein sehr glückliches Depot haben.«

Kaum hatte Ray angefangen, erkannte ich diese einleitende Ansprache als diejenige wieder, die er mir an meinem ersten Tag als neuer Angestellter gehalten hatte. Tatsächlich hielt er jedem dieselbe. Sie diente dazu, den Neuankömmlingen das Gefühl väterlicher Gelassenheit zu vermitteln. Bei dieser früheren Gelegenheit war er dann dazu übergegangen, mir den Grundsatz »Acht Stunden Arbeit für acht Stunden Lohn« zu erklären und mich darüber in Kenntnis zu setzen, daß ich mich auf die glorreichen Zeiten, die vor uns lagen, freuen könne. An diesem Morgen fing er jedoch schon bald mit einem ganz anderen Thema an.

»Also, wie Sie wissen«, sagte er, »entwickelt sich der PLAN immer stärker und besser. Zu Tausenden fahren die UniVans jeden Tag herum, transportieren Güter und halten eine gleichbleibende Durchlaufleistung für den PLAN aufrecht. Trotzdem gibt es nach wie vor Lücken im Netzwerk. Bestimmte Regionen sind immer noch nicht voll und ganz angebunden. Der Integrationsprozeß hat lange gedauert, aber endlich hat er auch uns erreicht.« Ray griff nach seiner Akte und schlug sie auf. »Haben Sie schon einmal von Eden Lacy gehört?«

»Nur einmal«, antwortete ich. »Das ist der Name eines Depots, nicht wahr?«

»Korrekt«, sagte Ray. »Es ist eines von denjenigen, die wir gerne neu in unser Einzugsgebiet mit aufnehmen würden.«

»Ach so.«

»Es liegt auf der Hand, daß wir zunächst einmal die Zeitpläne erstellen müssen, und hier kommen Sie ins Spiel. Wir hätten da eine kleine Aufgabe für Sie, wenn Sie Interesse haben.«

»Worin bestünde diese denn?«

»Wir möchten, daß Sie einen UniVan nach Eden Lacy fahren, um auszuprobieren, wie lange es dorthin dauert, und dann zurückkommen.«

»Wie weit ist es bis dahin?«

»Hier steht einunddreißig Meilen Luftlinie«, sagte Ray. »Verkehrsbedingungen, Kreisverkehre und außerplanmäßige Halte nicht eingerechnet. Wir benötigen jemanden, der die durchschnittliche Fahrzeit an mehreren aufeinanderfolgenden Tagen mißt. Natürlich hätte der Betreffende nach Erledigung des Jobs frei.«

»Wirklich?«

»Aber ja doch. Kommen Sie zurück und machen Sie den Rest des Tages, was Sie wollen.«

»Also dann, danke«, sagte ich. »Doch, das würde mich sehr interessieren.«

»Eine Sache noch«, sagte er und blätterte wieder die Akte durch. »Ich habe mir mal Ihren Tagesmeilen-Report für Dezember angesehen.« Er hielt jetzt eine Stechkarte in der Hand. »Demzufolge sind Sie am Mittwoch, dem vierten, dreiundsechzig Meilen gefahren, am Donnerstag, dem fünften, dreiundsechzig Meilen und am Freitag, dem sechsten, eine Million zwölftausend und zweiundzwanzig Meilen. Wohin sind Sie an diesem Tag gefahren?«

Ray reichte mir die Karte, damit ich mir ein eigenes Bild machen konnte. Den betreffenden Eintrag hatte George gemacht.

»Das soll dreiundsechzig Meilen heißen«, sagte ich. »Entschuldigen Sie, wir müssen das falsch notiert haben.«

»In Ordnung«, sagte Ray. »Na ja, ich glaube, das ist ein Versehen, über das wir unter den gegebenen Umständen hinwegsehen können. Versuchen Sie, in Zukunft die Einträge etwas sorgfältiger zu machen.«

»Okay. Entschuldigung.«

Er erhob sich hinter seinem Schreibtisch. »Sie würden also gerne diesen kleinen Job für uns übernehmen?«

»Ja, gerne.«

»Also gut«, sagte er. »Sie können heute morgen anfangen und das dann für zehn Tage oder so fortführen, bis Sie einen Durchschnittswert haben. Ziehen Sie los und fragen Sie die Mechaniker nach einem freien Fahrzeug.«

»Danke.« Ich erhob mich zum Gehen. Dann fiel mir noch etwas ein, wonach ich mich erkundigen wollte.

»Darf ich fragen, warum Sie mich ausgewählt haben?«

»Ja, das dürfen Sie«, antwortete Ray. »Das Los ist auf Sie gefallen.«

»Ach so.«

In diesem Moment klingelte das Telefon, und er nahm ab. »Ray Coppin am Apparat. O ja, das wäre perfekt. Könnte ich heute bitte Orangenmarmelade haben und ein paar Scheiben Toast, um sie in das Eigelb zu tunken. Und könnten Sie bitte dafür sorgen, daß die Eier schön weich sind ...«

Während ich mich aus dem Raum stahl, war Ray immer noch bei der Frühstücksbestellung.

Als ich hinunter in den Hof kam, sah ich als erstes Steve Moore. Er lehnte an seinem UniVan und hielt eine Zeitung ausgebreitet vor sich. Als ich aus der Richtung der Treppe auftauchte, schaute er mich wissend an.

»Hast du das die letzten paar Wochen auch gemacht?« fragte ich. »Meßtouren drehen?«

»Klar.« Er grinste mich an. »Von hier nach Royal Park und zurück. Kleine, leichte Tour.«

»Aber warum hast du dann so geheimnisvoll getan?«

»Ich wollte doch niemanden eifersüchtig machen!« Steve faltete seine Zeitung zusammen. »Kommst du mit rüber ins Café auf ein *petit déjeuner*?«

»Nein danke«, sagte ich. »Ich muß mir noch einen Van besorgen und so.«

»Glaub nicht, daß ich vor zehn Uhr von hier abhaue«, kündigte er an. »Oder so um den Dreh. Wir sehen uns auf der Straße.«

»Ja, bis dann.«

Als ich die Werkstatt betrat, war Rob Marshall dabei, den Stapel Kuchenschachteln auf seiner Werkbank anzustarren.

»Was soll ich denn mit denen allen anfangen?«

»Keine Ahnung«, sagte ich. »Aber ich bin sicher, du wirst eine Lösung finden. Ihr Mechaniker findet doch immer eine. Ist Ken da?«

»Wer will was von ihm?« fragte eine Stimme aus dem hinteren Büro.

»Ich«, antwortete ich. »Ray Coppin hat mich gebeten, eine Meßrunde zu fahren. Ich brauche für zehn Tage einen Van.«

Ken Scanlon erschien und bemerkte: »Aha, einer der wenigen Auserwählten. Einen Moment bitte.« Ken war der Chefmechaniker und zuständig für die Zuteilung der Fahrzeuge. Nach einem Blick auf eine Wandtafel sagte er: »Der UV 61 ist frei. Den kannst du nehmen.«

»Danke.«

Er deutete mit dem Kopf auf die Kuchen. »Dein Gehilfe nimmt sich ganz schön was raus, oder?«

»Stimmt schon.«

»Ich glaube, ich muß demnächst anfangen, Provision zu kassieren.«

»Das kannst du gerne«, sagte ich. »Nesbitt hat sich auch schon seinen Teil genommen.«

Bevor ich irgend etwas mit dem UV 61 unternehmen konnte, mußte ich bei Arthur nach dem Schlüssel fragen. Es dauerte ein paar Minuten, bis er an seiner Luke auftauchte, und als er endlich erschien, beschwerte er sich, es sei »äußerst vorschriftswidrig«, irgend jemandem nach acht Uhr Schlüssel auszuhändigen. Letztendlich gab er sie mir doch. Anschließend ging ich in den Betriebsraum, um von Bob Little eine Karte der Gegend zu bekommen. Diese waren für die neuen Fahrer angeschafft worden, aber in der Regel kümmerte sich keiner darum. Deshalb lagen sie unbenutzt auf einem Regal unter dem Schalter herum und vergilbten. Die Karten waren auf dünnes Papier gedruckt, auf dem gestrichelte Linien anzeigten, wie man sie korrekt zusammenfalten sollte. Ich ignorierte sie und faltete meine Karte zuerst auf die Hälfte zusammen und dann noch zweimal.

Dann öffnete ich sie wieder, legte sie glatt auf einen Tisch und schaute sie mir sorgfältig an. Alle Depots in der Gegend waren mit dem Buchstaben D gekennzeichnet, mit dem betreffenden Namen daneben. Die Größe des D deutete auf die Leistungsfähigkeit des Depots hin. Darum stachen Orte wie Merry Park, Blackwell und unser eigenes Depot Long Reach einem sofort ins Auge, als wichtige Punkte in der Landschaft. Hingegen brauchte man etwas länger, beispielsweise das viel kleinere Rudgeway zu lokalisieren.

Was Eden Lacy betraf: Nun ja, eine ganze Weile lang konnte ich es überhaupt nicht finden. Ich vertiefte mich in das Gewirr von Straßen, Kanälen und Eisenbahnschienen, bis meine Augen müde wurden, aber ich konnte es einfach nicht entdecken. Gerade hatte ich schon angefangen, mich zu fragen, ob die Kartenzeichner vielleicht vergessen hatten, es einzuzeichnen, als ich ganz oben am Rand ein winziges Viereck mit dem Buchstaben D darin entdeckte sowie die Worte: EDEN LACY.

Die Entdeckung, daß es im äußersten Norden der Region lag, überraschte mich kein bißchen, weil der Name sich schon so danach anhörte. In jedem Fall war es viel weiter entfernt als jedes andere der verzeichneten Depots, und verglichen mit dem Rest von ihnen sah es einigermaßen isoliert aus. Darüber hinaus kam es mir vor, als gäbe es keine direkte Straße nach Eden Lacy. Vielmehr schien es nur über lauter kleine Straßen erreichbar zu sein. Sofort wurde mir deutlich, daß meine Hoffnungen auf freie Fahrt über gut ausgebaute Durchgangsstraßen nicht erfüllt werden würden. Trotzdem war die Aussicht auf eine längere, unbegleitete Tour in einem UniVan, die nur meinem eigenen Zeitplan gehorchte, überaus verlockend. Ich lieh mir von Bob einen Stift und zeichnete die kürzeste Strecke nach Eden Lacy ein. Dann ging ich los, den UV 61 herauszusuchen.

Man sollte annehmen, daß alle UniVans identisch seien. Sie waren aus den gleichen austauschbaren Einzelteilen zusammengesetzt und theoretisch nur an ihrer Fahrzeugflottennummer auseinanderzuhalten. Eigentlich hätte zwischen dem UV 61 und, sagen wir mal, dem UV 55 kein Unterschied bestehen dürfen, dem Van, den ich am Tag zuvor gefahren hatte. In Wirklichkeit hatte jedoch jedes Fahrzeug seine charakteristischen Eigenheiten. Einige ließen sich besser lenken als andere, andere waren schneller, wieder andere waren schon klappriger. Was den UV 61 so einzigartig machte, war seine sehr weiche Federung, eine Tatsache, an die ich mich freudig erinnerte, als ich die Fahrerkabine aufschloß und hinter das Steuer glitt. Ich hatte den 61er schon viele Male zuvor gefahren und wußte, daß er perfekt für eine Exkursion wie diese war. Da ich nichts ein- oder ausladen mußte, konnte ich sofort aufbrechen.

Die Strecke, die ich mir ausgedacht hatte, sah vor, ungefähr fünf Meilen auf der Ringstraße nach Westen zu fahren, bevor man nach Norden abbog. Auf diesem ersten Teil der Reise begegnete ich mehreren UniVans, einige fuhren Richtung Long Reach, andere waren zu entfernteren Zielen unterwegs. Jene Fahrer, die mich kannten, blendeten zum Gruß kurz auf, genauso, wie sie es immer taten. Ich blendete auch auf, aber aus irgendeinem Grund störte mich ihre Aufmerksamkeit. Warum das so war, konnte ich mir nicht erklären, denn natürlich grüßten wir uns alle mit Lichthupe. An diesem Morgen jedoch sahen die Vans, die mir müde auf ihrer Tagestour entgegenrollten, sehr gewöhnlich aus, und ihre Besatzung wirkte engstirnig und wenig unternehmungslustig. Im Unterschied zu ihnen befand ich mich auf einer Mission, die äußerst interessant zu werden versprach. Darum hörte ich auf, entgegenkommende Fahrzeuge zu grüßen, und fuhr weiter, als hätte ich sie nicht bemerkt. Das wurde immer einfacher, sobald ich abgebogen war und die Straße Richtung Norden eingeschlagen hatte. Von nun an saßen hinter den Steuern der Vans, denen ich begegnete, fast nur noch Fremde. Natürlich hatte ich ein paar von ihnen vorher schon einmal gesehen, in Depots wie Merry Park, wo sich mehrere Einzugsgebiete überschnitten, und ich hatte mit dem einen oder anderen auch kurz geredet. Aber die schier unermeßliche Ausdehnung des PLANS bedeutete auch, daß es unmöglich war, mit mehr als einer Handvoll anderer Fahrer einen freundschaftlichen Umgang zu pflegen. Schon bald sah ich UniVans mit unbekannten Nummernschildern. Auf meinem standen die Buchstaben LR (für Long Reach). Ich bemerkte ein paar, auf denen CG stand, was darauf hindeutete, daß sie in Castle Gate stationiert waren. Die Mehrheit konnte jedoch von überall und nirgends herkommen. Auf ihren Schildern stand TT, BN oder, in einem Fall, sogar X. An keinem Punkt der Reise sah ich ein Fahrzeug, das aus Eden Lacy stammte. Dazu kam, daß der Anblick von UniVans jeder Art immer seltener wurde, je weiter ich mich von der Ringstraße entfernte.

Nach einer Stunde Fahrt befand ich mich immer noch im Ballungsraum der Stadt, allerdings in einem Gebiet, in dem verfallene Gebäude und Brachgelände das Bild bestimmten. Ich hatte mir immer vorgestellt, daß in den Zeiten vor dem PLAN diese Art Ödnis weitverbreitet gewesen sein mußte, hatte jedoch geglaubt, sie sei überall beseitigt worden. Bei der Weiterfahrt fiel mir auf, daß es immer noch viel zu tun gab. Vermutlich war das der Grund, weshalb der Integrationsprozeß stärker vorangetrieben wurde. Ray Coppin hatte davon geredet, daß bestimmte Regionen »immer noch nicht voll und ganz angebunden« seien, und hier konnte ich nun mit eigenen Augen sehen, wovon er sprach. Ich fuhr weiter auf mein Ziel zu und war glücklich, meinen Teil zu einer solch glorreichen Unternehmung beizutragen, wie klein er auch immer sein mochte.

Ich befand mich nur noch eine Meile von Eden Lacy entfernt, als mir siedendheiß einfiel, daß ich mir die Abfahrtszeit von Long Reach nicht gemerkt hatte und diese erste Tour also ungültig war. Einen Moment lang überlegte ich, einfach zu schätzen, wie lange die Fahrt gedauert hatte, aber das war ja nicht der Sinn der Übung. Statt dessen beschloß ich darum, diese heutige Tour nur als Erkundungsfahrt anzusehen. Im Verlauf der kommenden zehn Tage würde es noch ausreichend Gelegenheit geben, die Durchschnittsfahrzeit zu ermitteln.

Es war ein strahlender Vormittag, und der Straßenbelag leuchtete. Seit geraumer Zeit fuhr ich nun schon auf einer einspurigen Straße, auf der kaum Verkehr war. Nach einer weiteren Minute tauchte ein Schild auf mit einem Pfeil, der nach links wies. Jetzt befand ich mich auf einem schmalen, schnurgeraden Betonweg mit einem Wasserwerk auf der einen und etwas, das nach einer Ziegelei aussah, auf der anderen Seite. Direkt vor mir lag das Depot. Als ich dichter heranfuhr, bemerkte ich, daß sich dort drei Männer auf der Laderampe befanden und mir beim Näherkommen zusahen. Einer neben dem anderen standen sie da in einer Reihe, und es sah aus, als hätten sie dort bereits seit Stunden gewartet. Einer von ihnen war ziemlich dick. Die Hände hielt er tief in den Taschen seines blauen Overalls vergraben.

Hier gab es kein Torhaus. Statt dessen mündete der Weg einfach in einen großen, leeren Hof. An seinem Ende befand sich ein kleineres Gebäude mit offener Frontseite, von dem ich annahm, es sei die Werkstatt. Drinnen war ein einsamer UniVan aufgebockt. Ich fuhr bis in die Mitte der Freifläche und setzte dann an die Rampe zurück. Die drei Männer verharrten immer noch bewegungslos. Ich konnte sie in meinem Seitenspiegel sehen, wie sie schweigend mein Fahrzeug beim Einparken beobachteten. Erst als ich ausstieg, um sie zu begrüßen, zeigten sie Anzeichen von Leben.

»Wir haben schon gehört, es würde vielleicht jemand aus

Long Reach hier rauskommen«, sagte der Dicke, als ich die Stufen vom Hof heraufstieg.

»Ja«, antwortete ich. »In den nächsten Tagen werde ich ein paar Meßtouren fahren.«

»Genau das hat man uns auch gesagt.«

Aus Gewohnheit ging ich zum Van, löste die Arretierung, schob die Rolltür nach oben und gab den Blick frei ins leere Innere.

»Du hast doch gar nichts für uns, oder?« fragte er.

»Nein«, erwiderte ich.

»Das hätte mich auch gewundert.«

»Und du wirst auch nichts für mich haben.«

»Nein«, sagte er. »Nach Long Reach schicken wir nur einmal im Monat Zeug, und das wird immer von einem Van aus Riverhead abgeholt.«

»Wo liegt das denn?«

»Keine Ahnung. Er kommt nur einmal im Monat.«

Ich blickte mich im Depot um und sah, daß gar keine beladenen Paletten vorhanden waren. In einer abgelegenen Ecke stand ein Stapel leere, daneben ein Gabelstapler. Er sah nicht so aus, als würde er oft benutzt. Der dicke Mann, fiel mir auf, hatte seine Hände seit meiner Ankunft nicht aus seinen Taschen gezogen.

»Möchtest du eine Tasse Tee?«

»Oh, ja gerne«, sagte ich. »Ich bin am Verdursten. Die Kantine ist die Treppe hoch?«

»Wir haben hier keine Kantine. Morgens macht uns die Putzfrau Tee, aber jetzt ist sie schon weg. Wir müssen ihn also selbst machen. Geh bitte mal los, Martin, und setze Wasser auf, ja?«

Er hatte einen der anderen Männer angesprochen, der wie eine jüngere, etwas weniger korpulente Ausgabe von ihm selbst aussah und ohne Probleme sein Sohn hätte sein können.

»In Ordnung«, sagte dieser und wandte sich an mich.

»Nimmst du Zucker?« Er hatte eine sehr hohe, schrille Stimme.

»Nein danke.«

»Du solltest auch Jim Bescheid sagen«, setzte der dicke Mann hinzu.

»In Ordnung.«

Der jüngere Mann ging zu einem Wandtelefon und nahm den Hörer ab. Einen Augenblick später hörten wir es drüben in der Werkstatt läuten. Dann verstummte es wieder.

»Jim?« sagte er ins Telefon. »Hier ist Martin. Wir machen Tee, wenn du auch welchen möchtest. In Ordnung. Bis in fünf Minuten.«

Er legte auf und ging los, um Wasser aufzusetzen. Ich schloß die Rolltür.

»Wie viele Vans habt ihr hier?« erkundigte ich mich.

»Einen«, antwortete der dicke Mann. Er wies mit dem Kopf hinüber zur Werkstatt. »Der wird gerade repariert.«

Der Dritte im Bunde war ein ruhiger Mann, der dauernd lächelte, aber wenig sagte. Aus diesem Grund wirkte er auf mich wie jemand, mit dem man gerne zusammen war. Wie ich bald herausfand, hieß er Eric. Der dicke Mann hieß Harold. Während alles für den Tee vorbereitet wurde, nahm sich Eric einen Besen und fegte die Rampe der Länge nach. Die Uhr beim Büro verriet mir, daß es inzwischen zwölf Uhr mittags war. Mit Sicherheit, dachte ich, kann das noch nicht das Aufräumen vor Feierabend sein. Nicht so früh am Tag. Meine Frage wurde unmittelbar darauf beantwortet.

»Da kommt der aus Bell Tower«, verkündete Harold.

Ein UniVan fuhr den Betonweg hinauf. Im nächsten Augenblick bretterte er laut hupend in den Hof. Als das Fahrzeug an die Laderampe zurücksetzte, schaute ich mir sein Nummernschild an. Die Buchstaben BT bestätigten, daß es tatsächlich aus dem Depot von Bell Tower kam. Sofort überkam mich eine Welle der Enttäuschung. Bis gerade eben hatte ich mir vorgemacht, ich sei die einzige Person aus unserer Region, die je nach

Eden Lacy gelangt war. Im Vergleich zu meinen sonstigen Zielen wirkte es in jedem Fall wie ein entfernter Außenposten. Die Begrüßung, die den Neuankömmlingen zuteil wurde, verriet mir jedoch, daß ich ganz und gar nicht der erste war. Als der Fahrer und sein Gehilfe ausstiegen, wurde deutlich, daß sie die hiesige Belegschaft ziemlich gut kannten. Mir kamen sie hingegen bekannt vor, weil ich sie hin und wieder auf meinen Rundfahrten gesehen hatte.

»Na dann, Keith«, sagte Harold. »Du kommst gerade richtig zum Tee.«

»Das ist ja mal was Neues«, war die Antwort. »Gestern mußten wir zehn Minuten warten!«

Als dieser Keith die Treppe hochgegangen und oben angelangt war, hielt er inne, schaute mich an und sagte: »Dein Gesicht kenne ich. Long Reach, oder?«

»Ja«, erwiderte ich. »Ich drehe ein paar Meßtouren.«

»Ach, stimmt ja.« Er nickte. »Ich habe gehört, daß sie eine direkte Verbindung zwischen hier und dort einrichten wollen.«

Unterdessen trat sein Gehilfe an die Rückseite ihres Vans und schob die Rolltür nach oben. Hinter mir machte es höflich »Piep«. Eric hatte seinen Besen abgestellt und saß jetzt, immer noch lächelnd, abfahrbereit auf dem Gabelstapler.

In den nächsten paar Minuten wurde mein Eindruck, es könne sich hier um ein »verschlafenes« Depot handeln, schnell widerlegt. In Keith' Fahrzeug standen sechs vollbeladene Paletten, aber Eric war so geschickt mit dem Gabelstapler zugange, daß es in null Komma nichts leer geräumt war. Harolds Beitrag bestand darin, Eric nicht in die Quere zu kommen und gleichzeitig beschäftigt zu wirken. Das gelang ihm auch, weil er trotz seiner Korpulenz sehr leichtfüßig war. Die Hände immer noch fest in den Taschen vergraben, sprang er auf der Ladefläche des UniVans herum und zeigte dabei eine kunstvolle Beinarbeit. Eric manövrierte derweil die Fracht herum.

Während all das im Gange war, kam Martin mit einem Teetablett zurück und stellte es auf einen Tisch in einer Ecke des Gebäudes, um den einige Stühle standen. Zur gleichen Zeit kam ein anderer Mann von der Werkstatt herübergeschlendert. Ich nahm an, es handelte sich bei ihm um Jim, den Mechaniker, den Martin angerufen hatte. Als das Ausladen beendet war und die Lieferscheine ausgetauscht worden waren, steuerten alle den Tisch an. Zum ersten Mal seit meiner Ankunft zog Harold jetzt seine Hände aus den Taschen. Sie waren so dick wie alles andere an ihm. In einer von ihnen hielt er einen Stapel Karten.

»Wollen wir eine kleine Runde spielen?« fragte er.

»Gerne«, erwiderte Kevin. »Wo wir alle schon mal da sind.«

Der Tee wurde ausgeschenkt, und wir setzten uns. Dann wurden die Karten verteilt.

»Wer fängt an?«

»Ich«, sagte Harold. Er starrte lange und angestrengt auf seine Karten und sah mich dann durchdringend an. »Hast du den Mr. Bun the Baker?«

7

Als ich ungefähr zwei Stunden später in Eden Lacy losfuhr, war ich zu der Überzeugung gelangt, daß es sich um ein durch und durch nettes Depot handelte. Harold und seine Kumpane scheuten keine Mühe und behandelten ihre Besucher wie Ehrengäste. Nach dem Kartenspiel wurde Martin losgeschickt, um ein paar Sandwichs und noch mehr Tee zu machen, während Jim die Fahrzeuge von Keith und mir kurz prüfend ansah, für den Fall, daß es irgendwo »unerwünschte Öllecks« geben sollte, wie er es nannte. Natürlich gab es keine, denn der Wartungsstandard des PLANS war immer sehr hoch. Trotzdem wußten wir seine Geste zu würdigen. Jim war ein Mechaniker alter Schule, mit einem sauberen Lumpen in der linken Hosentasche und einem verstellbaren Schraubenschlüssel in der rechten. Dem UV 61 schenkte er besondere Aufmerksamkeit und bemerkte, daß das eines der wenigen Exemplare dieses Modells war, die er noch nicht zu Gesicht bekommen hatte. Er öffnete die Motorhaube, und für ein paar Augenblicke standen wir alle da und starrten in ehrfurchtsvoller Verehrung auf den Motor.

»Schaut euch das an«, sagte er. »Was für eine wunderbare Erfindung.«

Keith, der direkt daneben stand, zwinkerte mir zu, als Jim die Klappe wieder zumachte. Er selbst und Rodney, sein Gehilfe, schienen beide äußerst zufrieden zu sein mit dem Leben im PLAN und hatten offenbar Spaß an ihren Touren nach Eden Lacy. Auf dem Tisch dort hatten sie sogar ihre eigenen Becher. Trotzdem war ich erstaunt, wie lange sie dort blieben und Karten spielten und es sich einfach gutgehen ließen. Wenn sie nicht aufpaßten, sagte ich mir, würden sie einen Eintrag bekommen wegen verspäteten Abfahrens. Ich warf einen schnellen Blick in Richtung des Büros des Oberaufsehers. In genau diesem Moment dämmerte mir, warum dieses Depot so entspannt wirkte. Hier gab es keine Oberaufseher! Das Büro war geschlossen, und ein paar unbenutzte Besen lehnten an der Tür, als würden sie auf Dauer dort hingehören. Neben dem Büro befand sich die Stechuhr; im Ständer darüber steckten vier Zeitkarten: Das war das einzige Anzeichen auf irgendeine Art Verbindung zur Verwaltungsebene. Als ich Harold darauf ansprach, erklärte er mir, daß sie anstelle von vor Ort präsenten Oberaufsehern hin und wieder Stippvisiten erhielten, bei denen dann jemand wie Nesbitt unangekündigt auftauchte.

»Ist das nicht ein bißchen beunruhigend?« erkundigte ich mich.

»Keineswegs«, erwiderte er. »Unsere Zufahrt ist schnurgerade. Wir sehen jeden aus einer Meile Entfernung kommen.«

Anscheinend gab es noch ein paar Angestellte, die in den Hauptbüros im hinteren Teil des Gebäudes arbeiteten, sowie einen Depotleiter, aber Harold versicherte mir, daß keiner von ihnen sich jemals in das Tagesgeschäft im Depot einmischte. Als wir uns niederließen, um Martins Sandwichs zu essen, mußte ich zugeben, daß bei ihnen einfach alles perfekt lief.

»Die sind aber lecker«, sagte ich. »Hast du schon mal darüber nachgedacht, ein Catering-Unternehmen aufzumachen?«

»Ja, das habe ich mal überlegt«, erwiderte Martin. »Aber wahrscheinlich würde ich sie alle nur selbst essen.«

Keith und Rodney fuhren um zwei Uhr ab, Richtung Merry Park. Nach Harolds Aussage wurde für halb drei ein Van erwartet, der einige der Paletten, die sie gerade angeliefert hatten, abtransportieren würde. Der Rest davon würde gegen zwanzig vor vier abgeholt. Mit gebührender Eile fingen die drei Lagerarbeiter an, die abholbereiten Güter zu kontrollieren: Martin zählte sie, Eric markierte sie, und Harold stand daneben, mit den Händen in den Taschen. Ich stieg in meinen UniVan und machte mich auf den Rückweg nach Long Reach. Als ich aus dem Hof rollte, hupte ich ihnen zu.

Auf meiner Fahrt nach Eden Lacy hatte ich mich darauf konzentriert, die richtige Strecke zu erwischen, aber jetzt, wo ich die

Straße schon ein bißchen besser kannte, konnte ich die Gelegenheit nutzen, ein paar informelle Beobachtungen anzustellen. Auf halbem Weg nach Hause bemerkte ich beispielsweise ein Café, das Jimmy's Café hieß, ein Etablissement, das mir für Fahrer auf der Suche nach einem zweiten Frühstück äußerst geeignet vorkam. Ein Stück weiter lagen die »Cavendish Tea Rooms«, die mir auf den ersten Blick weniger geeignet schienen. Als ich jedoch abbremste, um sie mir genauer anzuschauen, sah ich, daß sie »Parkplätze nur für Gäste hinter dem Haus« ausgeschildert hatten. Sollte man je einen guten Ort benötigen, um mal für eine halbe Stunde oder so zu verschwinden: Hier wäre einer. Für den gleichen Zweck würde sich auch ein hinter einer dichten Pappelreihe verborgener Rastplatz anbieten. Schon meine oberflächliche Suche versetzte mich in den Stand, mir eine Vorstellung davon zu machen, wie eine typische Tour von Long Reach nach Eden Lacy (und zurück) unter Berücksichtigung der verschiedenen Bedürfnisse eines Durchschnittsangestellten des PLANS aussehen könnte. Mir fiel auch ein, daß ich bei der Berechnung der Strecke morgen einige der Punkte, die ich entdeckt hatte und an denen sich eine Fahrtunterbrechung anbot, mit einkalkulieren sollte.

Als ich mich der Ringstraße näherte, sah ich an verschiedenen bewährten Orten parkende UniVans, deren Besatzungen darauf warteten, daß der Nachmittag verstrich. Manchmal standen sie in Gruppen zusammen: Fünf oder sechs Männer diskutierten dann die eine oder andere Frage. An anderen Stellen verrieten Füße, die aus einem Fenster in der Kabine hervorsahen, daß der Fahrer ein kleines Nickerchen machte. Sein Gehilfe saß unterdessen in der Sonne und las Zeitung. Das Wetter war inzwischen sehr frühlingshaft geworden. Während ich die kleinen Seitenstraßen entlangjagte, war ich mir sicher, daß wir uns auf ein paar schöne Tage freuen durften.

Ungefähr eine Meile von Long Reach entfernt erblickte ich Chris Peachment, der den Bürgersteig entlangschlenderte und ziemlich zufrieden aussah mit der Welt. Als er mich sah, winkte er mir freundlich zu und machte eine Handbewegung, als würde er irgend etwas unterschreiben. Dem konnte ich entnehmen, daß er es geschafft hatte, einen vorgezogenen Feierabend rauszuschlagen, obwohl es gerade erst einmal halb vier nachmittags war!

Fünf Minuten später kam ich im Hof an. Kurz davor hatte ich noch hinter einer Biegung in der Nähe ein paar Fahrer neben ihren geparkten UniVans herumlungern sehen. Ich war der erste, der zurückkam, und wenn ich gewollt hätte, hätte ich mein Fahrzeug an der Rampe abstellen und direkt nach Hause gehen können. Aus irgendeinem Grund entschied ich mich jedoch, es noch durch die Waschstraße zu fahren. Diese stand still und betriebsbereit auf der hinteren Hofseite. Ohne zu zögern, fuhr ich also hinein, zwischen die gigantischen Rollen. Der Waschgang war schon einigermaßen vorangekommen, als ich Bill Harpers UniVan durch die Toreinfahrt hereinkommen und direkt auf mich zufahren sah. Erst als er merkte, daß die Anlage belegt war, hielt er an und stieg aus. Dann kam er zu mir herüber.

»Was machst du denn da?« fragte er.

»Ich wasche meinen Van«, erwiderte ich.

»Aber um diese Uhrzeit wasche ich immer meinen.«

»Tut mir leid«, sagte ich und zuckte mit den Schultern. »Erster.«

Drüben im Oberaufseherbüro regte sich Horsefall hinter dem Fenster. Offensichtlich hatte er mitbekommen, daß zwei Fahrzeuge ungewöhnlich früh zurückgekehrt waren. Unglücklicherweise reichte der Platz in der Waschanlage nur für einen Van auf einmal. Wenn ich gekonnt hätte, hätte ich meinen sofort herausgefahren, weil ich mir plötzlich ziemlich platzhirschmäßig vorkam. Ich hatte mich nie darum geschert, die Vans regelmäßig zu waschen, da sie ohnehin sauber genug waren, und hatte meinen vorhin nur zum Spaß in die Anlage gefahren. Jetzt war er jedoch unter einer Schaumschicht verschwunden. Ich mußte ihn darum zum Abwaschen dort stehenlassen.

»Danke auch!« fauchte Bill mich an. Dann stapfte er zu seinem Van zurück und setzte ihn grimmig rückwärts an die Rampe.

Beunruhigt schaute ich zu, wie er von Horsefall abgefangen wurde. Großes Armwedeln und erhobene Finger waren zu sehen, aber soweit ich es verfolgen konnte, bekam Bill keinen Verweis. Ich wartete, bis er verschwunden war, bevor ich mein Fahrzeug zur Rampe brachte, die Schlüssel abgab und nach Hause ging.

Als wäre es nicht genug gewesen, mit Bill aneinanderzugeraten, wurde ich am nächsten Morgen, kaum hatte ich den Betriebsraum betreten, von Bob Little an den Schalter gerufen. Er sah nicht sehr erbaut aus.

»Erinnerst du dich an den Palettentransportwagen, der nach Merry Park gebracht werden sollte?«

»Ja, und?«

»Wie kommt es, daß er sich immer noch hinten auf dem UV 55 befindet?«

»Na ja«, sagte ich. »Ich habe ja versucht, ihn abzuliefern, aber keiner hat sich dafür interessiert. Da habe ich ihn eben im Van gelassen.«

»Das haben wir gemerkt.«

»Ist das denn ein Problem?«

»Natürlich ist das ein Problem. Oben in Merry Park haben sie die ganze Zeit danach verlangt. Ich hatte sie gestern den ganzen Tag über am Telefon. Dann hat Peter Lawrence versucht, ihn hinzubringen, und hat festgestellt, daß kein Lieferschein vorhanden war.«

»Kein Wunder, den habe ich«, sagte ich. »Den Lieferschein, den Lieferschein, den steckt' ich aus Versehen ein.«

»Das ist überhaupt nicht witzig«, sagte Bob. »Sie kriegen in zwei Tagen Scapens zur Inspektion.«

»Wer ist Scapens?«

»Senior und Goldenes Dienstabzeichen. Wenn er mitbekommt, daß sie keinen Transportwagen haben, den man mit der Hand bedienen kann, kriegen sie Schwierigkeiten. Sie brauchen ihn also wirklich dringend.«

»Da ist er«, sagte ich und faltete das betreffende Papier auseinander. »Gib ihn Peter, und alles wird sich finden.«

Bob schaute mich lange an. »Wie lange bist du schon beim PLAN dabei?«

»Fünf Jahre.«

»Um so besser«, sagte er. »Dann weißt du, daß ich keine Lieferscheine von Leuten entgegennehmen kann. Das mußt du direkt mit Peter ausmachen.«

»Schon gut. Tut mir leid.«

Ich verließ den Betriebsraum und ärgerte mich, daß der Tag, der so vielversprechend wie der letzte angefangen hatte, schon verdorben war. Da ich nicht abstempeln mußte, hatte ich mir auf dem Weg zur Arbeit Zeit gelassen und war erst ein paar Minuten nach acht eingetroffen. Das wiederum bedeutete, daß ich Peter Lawrence verpaßt hatte, der sicher schon unterwegs war. Mir war klar, daß er nicht über die Maßen erfreut war, einen Transportwagen am Hals zu haben, den er nicht loswerden konnte. Ich würde es mir also mit ihm verderben, genau wie mit Bill Harper und Bob Little. Alles in allem war das kein besonders guter Start in den Tag.

Darüber hinaus mußte ich noch den Spießrutenlauf bei Arthur mit seiner verdammten Schlüsselsammlung hinter mich bringen. Bei seiner Art, diese zu bewachen, konnte man denken, er sei der Hüter von irgendwelchen heiligen Kunstdenkmälern oder gar der Kronjuwelen. Er ließ eine Bemerkung los, von wegen die Schlüssel für den UV 61 seien am Nachmittag zuvor aber »maßlos früh« abgegeben worden. Erst als ihm nichts mehr einfiel, um mich noch weiter aufhalten zu können, händigte er sie mir aus.

Das Gefühl der Befreiung, das ich am Tag zuvor verspürt hatte, stellte sich erst wieder ein, als ich in der Fahrerkabine saß. O ja, eine leere, breite Straße vor sich zu haben: Das war nicht zu schlagen! Ich kontrollierte meine Abfahrtszeit und fuhr durch das Tor.

Ich hatte entschieden, daß die sinnvollste Art und Weise, eine Meßrunde durchzuführen, darin bestand, sich die ganze Strecke über streng an die Geschwindigkeitsbegrenzungen zu halten. Infolgedessen schlich ich verlassene Straßenabschnitte mit 30 Meilen pro Stunde entlang, wo selbst 45 noch sicher gewesen wären. Trotzdem war das Ganze eine nette Sache, und ich entdeckte, daß ich viel geduldiger war, als ich je gedacht hätte. Bei Jimmy's Café legte ich für zwanzig Minuten eine Pause ein, um »außerplanmäßige Halte« miteinzukalkulieren. Ich ging jedoch nicht hinein, weil ich mich schon auf die Gastfreundlichkeit der Leute in Eden Lacy freute.

Und ich wurde nicht enttäuscht. Als ich den Betonweg entlangfuhr, sah ich Harold, Martin und Eric wieder still und andächtig auf der Laderampe stehen und meine Ankunft beobachten. Wiederum wurde mir in dem Moment, als ich ankam, Tee angeboten.

»Du solltest auch Jim Bescheid sagen«, sagte Harold, und abermals benutzte Martin das Wandtelefon, um in der Werkstatt anzurufen.

»Jim?« sagte er. »Hier ist Martin. Wir machen Tee, wenn du auch welchen möchtest. In Ordnung. Bis in fünf Minuten.«

Nachdem er aufgelegt hatte, sagte ich: »Entschuldige, wenn ich frage, aber wäre es nicht einfacher, kurz rüberzubrüllen zur Werkstatt?«

»Das könnte man«, erwiderte Martin. »Aber da wäre man schnell heiser.«

Um zwölf Uhr, als ich gerade Eric beim Fegen der Rampe half, kamen Keith und Rodney mit ihrem Van aus Bell Tower an. Schnell war alles ausgeladen, und dann setzten wir uns für eine Runde Karten an den Tisch.

»Bist du gestern gut zurückgekommen?« fragte Harold, während er den Stapel mischte.

»Ja, danke«, erwiderte ich. »Um zwanzig vor vier war ich im Hof.«

»Da hattest du aber noch einen netten vorgezogenen Feierabend.«

»Eher so was wie ›erst die Arbeit, dann das Vergnügen‹«, sagte ich. »Aber ich vermute mal, das kommt aufs gleiche raus.«

»Na ja, wie auch immer man das nennt«, sagte Keith. »Ich habe das Gefühl, daß bald härtere Saiten aufgezogen werden.«

»Warum denn das?«

»Ich habe heute früh mit John Jones gesprochen. Kennt ihr ihn?«

»Ja«, sagte ich. »Das ist doch der Torwärter von Merry Park.«

»Stimmt, also er hat mir erzählt, daß es in letzter Zeit eine große Zunahme von vorgezogenen Feierabenden gegeben habe. Aber das sei nur rausgekommen, weil Nesbitt die Karte von irgend jemandem abgezeichnet hat.«

»Nesbitt?« sagte Martin, sichtlich erstaunt.

»Genau«, sagte Keith. »Anscheinend war das das erste Mal seit Jahren, aber dann hat er gesehen, daß sich die Unterschrift von irgend jemand anderem ungefähr ein Dutzend Mal auf der Karte wiederholte. Es stellte sich raus, daß es die von Gosling war – der ist Oberaufseher drüben im Depot von Blackwell –, und jetzt führt Nesbitt diese Extra-Untersuchung durch. Wenn das alles auffliegt, werden ganz bestimmt andere Saiten aufgezogen.«

Harold nickte und blies die Backen auf.

»Ja, von Gosling haben wir auch schon gehört«, sagte er. »Der ist bei allen Fahrern, die hierherkommen, sehr beliebt.«

»Na ja, John zufolge ist er beurlaubt worden, sagte Keith. »Solange in der Angelegenheit ermittelt wird.«

Unter den gegebenen Umständen hielt ich es für angebracht, über meinen Anteil an Goslings mißlicher Situation Schweigen zu bewahren. Trotzdem tat er mir leid.

»Ach du meine Güte«, bemerkte ich. »Armer Gosling.«

»Wir sind alle arm dran«, murmelte Keith. »Stell dir mal vor: Ein Leben ohne vorgezogenen Feierabend!«

Am Freitag morgen lief ich Jonathan über den Weg, als er gerade seine erste Lohntüte erhalten hatte. Er stand im Gang vor dem Betriebsraum und starrte ungläubig auf seinen Lohnzettel.

»Schöne Überraschung, oder?« fragte ich.

»Das muß ich sagen«, erwiderte er. »Wirklich, ich hatte keine Ahnung, daß ich so viel bekommen würde. Während der Probezeit habe ich nur das Grundgehalt bekommen, aber schau dir mal alle diese Extras an: Lebenshaltungskostenausgleich! Erstattung der Trockenreinigung! Anwesenheitszuschlag! Sogar einen Produktivitätsbonus gibt es!«

»Aber klar doch.«

»Aber warum bekommen wir einen Produktivitätsbonus, wo wir doch gar nichts produzieren?«

»Das ist nur eine symbolische Summe«, erklärte ich ihm. »In Höhe von derjenigen, die wir in einem vergleichbaren Industriebetrieb verdienen würden.«

Er schüttelte den Kopf und grinste. »Ach du meine Güte! Jetzt verstehe ich, warum hier jeder immer von den glorreichen Zeiten spricht.«

»Ja, aber das bezieht sich nicht nur aufs Geld«, sagte ich. »Damit ist die ganze Sache gemeint. Wenn du erst einmal im PLAN bist, kümmern sie sich von vorne bis hinten um dich. Stell dir das nur mal vor. Du bekommst die komplette Uniform gestellt, im Winter wie im Sommer. Damit sparst du Kleider. Du bekommst einen Zuschuß für die Kantine, für deinen Wohlfahrtsverband, deinen Sportverein und für deine Ausgaben vor Ort. Und alles, was du dafür tun mußt, ist jeden Tag zur Arbeit zu erscheinen! Das ist doch wie im Schlaraffenland! Kann ich das mal sehen?«

»Sicher.«

Er reichte mir den Lohnzettel. Ich überflog die einzelnen Posten, bis ich gefunden hatte, was ich suchte.

»Da ist es. Urlaubsanspruch. Du bist erst seit einer Woche hier und hast schon Anrecht auf einen halben Tag. Der wächst proportional mit.«

»Großartig«, sagte Jonathan. »Ich glaube, ich bewahre das hier als Andenken auf.« Er nahm den Zettel wieder an sich, faltete ihn vorsichtig und steckte ihn zu seinen Geldscheinen. Als wir dann hinüber zur Laderampe gingen, stellte er eine Frage, die mich überraschte. »Also, was ist eigentlich genau in diesen ganzen Kisten?«

»Das weißt du doch«, sagte ich. »Hat man dir das während deiner Probezeit nicht gesagt?«

»Nein. Uns wurde nur gesagt, der Inhalt sei sehr wichtig.«

»Oh, aber sicher ist er wichtig. Der ganze PLAN hängt daran.«

»Wie kommt das denn?«

»Na ja, vermutlich hat man dir aber doch verraten, daß diese UniVans Sonderanfertigungen sind, speziell designt, mit austauschbaren Einzelteilen und rostbeständig.«

»Ja«, sagte Jonathan. »Und die Mechaniker können sie an einem Tag auseinanderbauen.«

»Richtig«, sagte ich. »Na ja, und das ist in den Kisten.«

»Was, du meinst Ersatzteile?«

»Nein, *alle* Einzelteile. Alles. Reifen, Karosserieteile, Kotflügel, Rückspiegel, Scheinwerfer. Ganz zu schweigen von all den Motoreinzelteilen. Guck dir mal diese Kiste an: Was steht auf dem Etikett? Heizungsgitter: Ein Dutzend. Da siehst du's: Das perfekte Beispiel.«

»Also fahren wir die ganze Zeit in UniVans voller UniVans herum?«

»Korrekt«, sagte ich. »Das System hält sich selbst am Leben. Wir transportieren die Einzelteile von einem Depot zum anderen. Das schafft Arbeit für uns alle.«

Ich war mit meiner Erklärung ziemlich zufrieden, die – so dachte ich zumindest – klar und prägnant rübergekommen war. Nachdenklich und schweigend blickte Jonathan auf die gelassene Geschäftigkeit an der Rampe.

»Übrigens«, sagte er. »Was ist das für ein Gerücht, es gäbe keinen vorgezogenen Feierabend mehr?«

»Wo hast du das denn gehört?« fragte ich.

»Das sagen sie alle oben in der Kantine.«

»Ach, wirklich?«

»Du gehst da nicht so oft hoch, was?«

»Nein, ich habe lieber meine Ruhe beim Essen.«

»Na ja, es heißt, es werden bald härtere Saiten aufgezogen, und keiner kann sich mehr früher abmelden.«

»Das glaube ich erst, wenn's soweit ist«, sagte ich. »Von Zeit zu Zeit drohen sie mit solchen Säuberungsaktionen, um die Leute aufzurütteln, aber dann passiert nichts. Ich schätze, jemand hat sich diese hier ausgedacht, um die mit den Silbernen Dienstabzeichen mal auf Trab zu bringen. Letzten Endes ist das doch alles noch Teil des PLANS, oder?«

»Kann sein.« Jonathan warf einen Blick auf seine Uhr. »Also, dann sollte ich mal besser los.«

Bevor er ging, gab ich ihm den Lieferschein für den Palettentransportwagen und bat ihn, diesen an Peter Lawrence weiterzugeben. Dann konnte man endlich dieses verdammte Teil loswerden. Danach ging ich hinüber ins Café, um Tee und Doughnuts zu besorgen. Ich hatte es natürlich nicht besonders eilig, loszukommen, und verstand jetzt, warum Steve Moore sich an jenem Morgen soviel Zeit zum Frühstücken gelassen hatte.

Schließlich beschloß ich aber, daß es Zeit zum Aufbruch sei. Ich schlenderte also zurück zum Depot und holte mir die Schlüssel für den UV 61. Über Nacht hatte ich ihn an der Rampe geparkt, am unteren Ende in der Nähe des Oberaufseherbüros. Beim Näherkommen fiel mir eine geringfügige Veränderung seines Aussehens auf. Knapp unterhalb des Fahrerfensters hatte jemand ein einfaches Symbol sauber mit gelber Wachskreide hingemalt. Es bestand aus der Zahl 8 in einem Viereck.

8

»Vandalismus«, sagte eine Stimme neben mir. »Purer Vandalismus.«

Ich sah mich um und stellte fest, daß Horsefall sich zu mir gesellt hatte. Er stand genau hinter mir und starrte nachdenklich auf das gelbe Zeichen.

»Wer war das denn?« fragte ich.

»Das wüßte ich auch gerne«, erwiderte er. »Im PLAN verbrauchen wir ungefähr eine halbe Tonne Kreide pro Jahr. Jeder kann sie in die Finger bekommen.«

»Das muß ein Pauschaltagstyp sein, der es mir zeigen will.«

»Das ist ziemlich wahrscheinlich, ja, aber ich glaube nicht, daß das ein Einzeltäter ist. Mir wurde gesagt, diese Zeichen sind in letzter Zeit überall aufgetaucht. Berichte darüber gab es aus der ganzen Region.«

Er holte ein Taschentuch aus seiner Hosentasche und bewegte sich auf den Van zu. Dann begann er, an dem Zeichen herumzurubbeln, und entfernte es nach und nach. Das dauerte länger, denn die Kreide hatte einen hohen Wachsgehalt. Zu guter Letzt waren jedoch alle Spuren der Ziffer Acht verschwunden.

»Das sieht schon besser aus«, sagte Horsefall, machte einen Schritt zurück und begutachtete sein Werk.

»Erstaunlich, daß du dir die ganze Mühe machst, es wegzubekommen«, sagte ich. »Ich dachte, ihr Oberaufseher wärt einer Meinung mit den Pauschaltagverfechtern.«

»Das hängt von der Situation ab«, antwortete er. »Natürlich sind wir für den vollen Achtstundentag, wenn es sich irgendwie einrichten läßt. Aber unser wichtigstes Ziel ist es, die Vans rechtzeitig ins Depot zurückzubekommen. Wir möchten doch nicht, daß ihr da draußen im Stau steckt, wenn wir hier schon alles für den Feierabend dichtmachen wollen.«

»Ich verstehe.«

»Da siehst du's. Unter diesen Umständen zeichnen wir gerne eure Karten ab. Wir Oberaufseher haben ja auch ein Zuhause, das auf uns wartet, weißt du.«

Das schien mir zweifelhaft, aber ich ließ die Bemerkung unkommentiert und schaute zu, wie Horsefall sein jetzt gelbes Taschentuch wieder einsteckte.

»Also würdest du dich in bestimmten Situationen auf die Seite derjenigen schlagen, die einen vorgezogenen Feierabend wollen?«

»Es geht nicht darum, sich auf irgend jemandes Seite zu schlagen«, sagte er. »Es geht darum, die Vans rechtzeitig ins Depot zurückzubekommen.«

Aus Horsefalls Tonfall konnte ich schließen, daß er zu keiner weiteren Diskussion bereit war. Aber auch so hatte ich genügend zum Nachdenken, als ich meine Fahrt nach Eden Lacy antrat. Anscheinend nahmen ein paar Leute den Pauschaltag sehr ernst. Ich wußte, daß Len Walker und John Ford ausgesprochene Anhänger dieses Modells waren. In der Tat hatten sie, seit ich denken konnte, gegen den vorgezogenen Feierabend gepredigt. Irgendwie konnte ich mir jedoch keinen der beiden dabei vorstellen, wie sie herumzogen und überall dieses Symbol hinschmierten. Nicht lange nachdem ich auf die Ringstraße gefahren war, erblickte ich genau so eines auf die Rückseite eines UniVans gepinselt, der vor mir herfuhr. Es sah genauso aus wie dasjenige auf meiner Fahrertür und war ebenfalls mit gelber Wachskreide hingemalt worden. Ich versuchte, den Van zu überholen, um einen Blick auf seinen Fahrer zu erhaschen, aber genau in dem Moment, als ich auf seiner Höhe war, bog er in eine Seitenstraße ab, und ich verlor ihn aus den Augen. Kurze Zeit später bemerkte ich einen UniVan, der sich mir aus der Gegenrichtung näherte. Inzwischen war ich in zähfließenden Verkehr geraten. Ich rollte also mit kaum mehr als 5 Meilen pro Stunde an dem entgegenkommenden Fahrzeug vorbei. Auf seinem Nummernschild stand TL, was darauf schließen ließ, daß es aus einer anderen Region kam. Und dort, knapp unterhalb des Fahrerfensters, war wieder diese Acht in einem Viereck. Ich warf einen Blick auf das gelbe Symbol und dann hoch zum Fahrer und bemerkte, daß sowohl er als auch sein Gehilfe zu mir schauten. Als sich unsere Blicke kreuzten, machten sie mir beide ein Zeichen mit hochgestecktem Daumen, als würden wir zum gleichen Verein gehören. Ich nickte und lächelte flüchtig, sie lächelten zurück, und dann fuhren wir aneinander vorbei.

Wie ich bereits erwähnte, pflegten sich die Fahrer im PLAN nur zu grüßen, wenn sie aus demselben Depot kamen. Und gegrüßt wurde durch Aufblenden der Scheinwerfer. Dieses Zeichen mit hochgestrecktem Daumen war keine anerkannte Grußform und hatte daher nichts zu bedeuten. Trotzdem hatte ich deutlich den Eindruck, daß die Besatzung des anderen Van versucht hatte, mit mir zu kommunizieren, und daß die beiden damit mehr gemeint hatten als eine einfache Begrüßung. Vielmehr schienen sie mich zu ihrer Gruppe zu zählen. Wie es aussah, hatten sich bestimmte Gruppierungen in einer Art Bewegung zusammengeschlossen, die ihr eigenes Erkennungszeichen hatte. Deren Mitglieder befanden sich jetzt auf Rekrutierungsfahrt in eigener Sache. Wie erfolgreich diese Kampagne letztlich sein würde, konnte man unmöglich vorhersagen, aber ich hegte jetzt keinen Zweifel mehr, daß sich die Pauschaltagverfechter auf dem Vormarsch befanden!

Meine Spekulationen waren noch in vollem Gange, als ich an diesem Morgen nach Eden Lacy abbog. Obwohl sie in ihrer abgelegenen Ecke des PLANS, meilenweit entfernt von allem, festsaßen, hatten Harold und seine Kumpane seit meinem letzten Besuch alle möglichen Berichte und Gerüchte gehört, die sie mir jetzt unbedingt mitteilen wollten. Bei tellerweise Sandwichs, die Martin zubereitet hatte, wurde mir von improvisierten Treffen berichtet, bei denen sich die Pauschaltagverfechter zum ersten Mal laut geäußert und einander zu erkennen gegeben hatten. Solche Versammlungen hatten mehr oder weniger spontan in verschiedenen Depots im ganzen Land stattgefunden. Schnell hatte sich herausgestellt, daß diese Männer bei weitem keine winzige Minderheit waren, wie immer angenommen worden war, sondern eine beträchtliche Gruppe, nämlich ungefähr die Hälfte der Arbeiterschaft, darstellten. Kurz darauf hatten sie die von einem Viereck eingerahmte Acht zu ihrem Erkennungszeichen gemacht und dadurch den Spott der Brigade der Vorgezogenen-Feierabend-Anhänger auf sich gezogen.

Diese Geschichten waren jedoch nur die Spitze des Eisbergs. Als Keith und Rodney kurz nach zwölf ankamen, brachten sie Neuigkeiten von weiteren Entwicklungen mit. Anscheinend hatten einige der extremeren Pauschaltagverfechter damit aufgehört, ihre Acht-minus-zehn in Anspruch zu nehmen, und weigerten sich jetzt, überhaupt nur in Betracht zu ziehen, früher als halb fünf auszuchecken. Außerdem war der Tag zuvor der erste seit Menschengedenken gewesen, an dem niemand im gesamten PLAN seine Karte vor Ablauf der Arbeitszeit abgezeichnet bekommen hatte. Diesen Informationsjoker sparte sich Keith bis zuletzt auf und schien dann einigen Gefallen an dem Aufruhr zu finden, der sich um den Tisch verbreitete, als die Bedeutung dieser Tatsache auch dem letzten klargeworden war.

»Aber ich dachte, du wärst für den vorgezogenen Feierabend«, bemerkte ich.

»Oh, das bin ich auch«, sagte Keith. »Zweifellos.«

»Aber warum siehst du dann so vergnügt aus?«

»Weil es immer noch einige gibt, die den Ernst der Lage nicht begreifen. Vielleicht rüttelt sie das ein bißchen auf.«

Harold seufzte. »Wißt ihr, daß wir in diesem Depot in der ganzen Zeit, die wir schon hier sind, nur ein einziges Mal einen vorgezogenen Feierabend hatten? Das war an einem Heiligabend, als Nesbitt aufkreuzte und sagte, wir könnten um halb vier nach Hause gehen.«

»Wie nett von ihm.«

»Aber den ganzen Rest des Jahres sind wir de facto Pauschaltagverfechter.«

»Du kannst nur für dich sprechen!« fuhr Martin ihn an. »Ich habe mich noch nicht entschieden, auf welcher Seite ich bin.«

In der letzten Woche war ich endgültig zu dem Schluß gekommen, daß es sich bei Harold und Martin um Vater und Sohn handeln mußte. Sie sahen nicht nur ähnlich aus, sondern zankten sich wie Leute, die viel Zeit zusammen verbringen. In Eden Lacy hörte man häufig Martin seine hohe, schrille Stimme erheben, um einem Kommentar von Harold zu widersprechen. Bei diesen Zankereien ging es jedoch für gewöhnlich nicht um prinzipielle Fragen, sondern eher um unbedeutendere Angelegenheiten, wie zum Beispiel darum, wie viele Löffel Tee auf eine Kanne gehörten. Ich war darum erstaunt, daß Martin von der Bezeichnung »de facto Pauschaltagverfechter« ausgenommen werden wollte. Sich mit so etwas Esoterischem zu befassen sah ihm gar nicht ähnlich. Wie Keith so zutreffend bemerkt hatte, kam man aber andererseits nicht um die Tatsache herum, daß es um eine wirklich wichtige Angelegenheit ging. Jedem Mann, der daran festhielt, den vollen Achtstundentag durchzuarbeiten, stand anscheinend ein anderer gegenüber, dessen einzige Absicht es war, seine Karte abgezeichnet zu bekommen und früher nach Hause zu gehen. Außerdem fiel es beiden Seiten immer schwerer, miteinander ins Gespräch zu kommen. Zur Zeit lag dieses winzige Depot noch an der Peripherie der Debatte und war nur wenigen Einflüssen von außen ausgesetzt. Die Dinge würden sich allerdings wahrscheinlich ändern, wenn die neuen Zeitpläne eingeführt wurden. Danach würde die Anzahl von Mannschaften, die jeden Tag hier ankamen, stark zunehmen, und diese würden notgedrungen ihre Meinungen einschleppen.

Auf meiner Heimfahrt am Nachmittag ertappte ich mich dabei, wie ich jeden UniVan, an dem ich vorbeikam, genauestens musterte, um festzustellen, ob irgendeiner das Symbol der Pauschaltagverfechter aufwies. Noch bevor ich auf die Ringstraße gelangte, hatte ich fünf gesehen, darunter zwei aus unserem eigenen Einzugsgebiet. Was außerdem meine Aufmerksamkeit erregte, waren die Gruppen von Fahrern, die ich auf den verschiedenen Parkbuchten und Rastplätzen entlang der Strecke neben ihren Vans stehen sah. Früher hatte ich immer angenommen, diese Zusammenkünfte bestünden aus Freunden und Bekannten, die über so unverfängliche Dinge wie Sport oder das Wetter redeten. Jetzt begann ich mich jedoch zu fragen, ob sie nicht gemeinsame Sache machten. Wenn die Pauschaltagverfechter begonnen hatten, sich zu verbünden, dann hatten die Anhänger des vorgezogenen Feierabends keine andere Wahl, als es ihnen gleichzutun, schoß es mir durch den Kopf.

Ich starrte auf die versammelten Grüppchen und versuchte herauszufinden, auf welcher Seite sie standen. Sicher, es stimmte schon, alle diese Männer sahen in ihren blauen Hemden gleich aus, aber ich wußte mit Bestimmtheit, daß sie in zwei unterschiedliche Kategorien gehörten.

Die Pauschaltagverfechter hatten natürlich den Vorteil, daß ihre Kampagne bereits im Gange war. In dieser Auffassung wurde ich bestärkt, als ich an der Fiveway-Kreuzung unter der Eisenbahnbrücke hindurchfuhr. Die Brücke überspannte ein großer Stahlbogen, der schon, solange ich mich erinnern konnte, mit Slogans und Zeichen übersät war. Die meisten bestanden aus seltsamen Worten wie ZILCH und BANOPS, deren Bedeutung nur denjenigen bekannt war, die sie hingepinselt hatten. Außerdem gab es dort eine Zeichnung mit einem grinsenden, nasenlosen Gesicht und einen Klecks, der ungefähr die Umrisse eines Kamels hatte. Jemand mußte ziemlich mutig gewesen sein, dort hinaufzuklettern, aber ehrlich gesagt, ich hatte diese Schmierereien schon so oft gesehen, daß ich ihnen kaum mehr Beachtung schenkte. Heute entdeckte ich jedoch etwas Neues in dieser bunten Mischung, nämlich die gigantische, von einem Viereck eingerahmte Ziffer Acht. Irgendwer meinte es offenbar ernst. Weil heute Freitag war, hielt ich es für eine gute Idee, dem großen Verkehr auszuweichen und recht früh nach Long Reach zurückzukommen. Ich drückte also das Pedal durch und rollte gegen drei Uhr in den Hof. Dort war es still, weil der Nachmittagstrubel noch nicht eingesetzt hatte. Nach all den Gerüchten, die ich an diesem Tag gehört hatte, wäre es interessant gewesen, die Rückkehr der anderen UniVans zu beobachten. Dann könnte man zum Beispiel sehen, wer einen vorgezogenen Feierabend bekommen hatte, oder erkennen, ob die Pauschaltagverfechter nun auf auffällig andere Art und Weise auscheckten als sonst. Das Problem war nur, daß das bedeutete, noch mindestens eine halbe Stunde herumhängen zu müssen. Letzten Endes beschloß ich darum, daß alle weiteren Verhaltensstudien warten konnten. Statt dessen parkte ich den Van gegenüber der Laderampe, gab die Schlüssel ab und machte mich auf den Nachhauseweg.

Am Montag morgen mußte ich mein Interesse an diesem Thema erneut hintanstellen. George war aus seinem zweiwöchigen Urlaub zurück, und er erinnerte mich schnell daran, daß seine Prioritäten ganz woanders lagen.

»Trace wird dir bei lebendigem Leib die Haut abziehen«, verkündete er, als ich ihn vor dem Betriebsraum traf.

»Wie beruhigend«, sagte ich. »Da hätte ich Schlimmeres erwartet.«

Wir gaben uns die Hand.

»Wie war der Urlaub?«

»Furchtbar«, sagte George. »Sie hat mich wie blöd rumgeschickt, um diese Kuchensache zu regeln. Was ist denn aus unserer Abmachung geworden?«

Ich erzählte ihm von den Meßtouren und meinen täglichen Fahrten nach Eden Lacy.

»Und wie lange geht das noch weiter?«

»Ich muß noch ein paar Tage machen.«

»Darum hat man mich also wieder nach Hause geschickt.«

»Ach, gut«, sagte ich. »Scheint ja, als hättest du eine nette Zeit vor dir.«

»Ich will aber keine nette Zeit haben!« protestierte er. »Ich will wieder auf der Straße sein! Ich muß eine lange Liste von Bestellungen abarbeiten! Bei Sandro warten Kuchen, die ich abholen soll. Ken Scanlon ist hinter mir her wegen dieser ganzen Schachteln in seiner Werkstatt. Und zu allem Überfluß beschwert sich Trace Tag und Nacht bei mir.«

»Klingt alles ziemlich anstrengend.«

»Das ist es auch, Kumpel«, sagte er. »Das sage ich dir.«

Zum Trost nahm ich ihn mit hinüber ins Café auf einen Tee und einen Doughnut. Um ihn von dem Kuchenproblem abzulenken, erzählte ich ihm dann, was während seiner Abwesenheit vorgefallen war. Als er von den Aktivitäten der Pauschaltagverfechter erfuhr, warf er ein, daß er während seines Urlaubs keinen Unterschied hatte feststellen können.

»Von außen sieht der PLAN noch so aus wie immer«, sagte er. »Vormittags fahren lauter UniVans herum, nachmittags parken überall welche. Daran hat sich nichts geändert.«

»Aber das sind bedenkliche Entwicklungen«, insistierte ich.

»Ach was«, sagte George. »Das bildest du dir wahrscheinlich nur ein.«

Wenig später ging er hinauf in den Aufenthaltsraum, um wegen seiner Kuchen herumzujammern, während ich wieder einmal zu einer Tour nach Eden Lacy aufbrach. Inzwischen hatte ich es im Gefühl, wie lange die Fahrt in die jeweilige Richtung dauerte, und außerdem eine lange Liste mit Zeiten erstellt. Ehrlich gesagt waren weitere Fahrten also völlig überflüssig. Aber da Ray Coppin nun einmal den Vorschlag gemacht hatte, ich solle zehn Tage lang Meßtouren fahren, würde ich das auch zehn Tage lang durchziehen. Ich hatte es nicht besonders eilig, zu meiner normalen Aufgabe zurückzukehren, und beschloß, aus meiner privilegierten Stellung soviel herauszuholen wie möglich, solange ich noch die Gelegenheit dazu hatte.

Noch jemand anders war gerade aus dem Urlaub zurückgekommen, und das war Richard Harper. Ihn und Bill überholte ich gegen halb elf auf der Ringstraße. Vermutlich befanden sie sich auf dem Rückweg von Rudgeway. Der vertraute Anblick der beiden Brüder bei der gemeinsamen Arbeit erinnerte mich an den Vorfall von neulich an der Waschanlage, als ich Bill unbeabsichtigt verärgert hatte. Das hatte ich immer noch nicht ins reine gebracht. Dann fiel mir auf, daß ich über eine Woche lang mit kaum jemandem aus unserem eigenen Depot gesprochen hatte. Abgesehen von gelegentlichen kurzen Gesprächen hatte ich mich von den alltäglichen Abläufen in Long Reach ferngehalten und es vielmehr vorgezogen, über den PLAN im allgemeinen zu spekulieren. Schlagartig wurde mir bewußt, daß ich mich von meinen Kollegen abgesondert hatte. Als der Van der Harper-Brüder vorbeifuhr, blendete ich zum Gruß auf, aber es kam keine Antwort. Das war besorgniserregend, denn meine Freundschaft zu Bill reichte lange zurück. Er war der erste gewesen, der mich angesprochen hatte, als ich im Depot anfing, und ich wollte es mir mit ihm nicht wegen einer lächerlichen Geschichte verderben. Ich nahm mir also vor, die Angelegenheit bei der ersten sich bietenden Gelegenheit zu bereinigen.

Andererseits mußte ich zugeben, daß ich mich in meiner Rolle als Abgesandter wohl fühlte. Einen UniVan für sich alleine zu haben war angenehm, besonders, wenn es sich um den UV 61 handelte. Das Fahrzeug war eines der komfortabelsten der gesamten Flotte, und während die Straße unter seinen Rädern dahinraste, spielte ich kurz mit der Idee, an diesem Morgen einen größeren Umweg zu nehmen. Vielleicht, dachte ich mir, könnte ich zur Abwechslung über Castle Gate nach Eden Lacy fahren. Mit diesem Vorhaben im Kopf fuhr ich früher von der Ringstraße ab als gewöhnlich und schlug den Weg nach Norden ein, entlang des New River Way. Meiner Regionalkarte nach führte mich dieser auf die Nordtangente, die einigermaßen nahe an Castle Gate vorbeilief. Ich befand mich schon eine

Weile auf dieser Straße, war mir aber sicher, daß sich das alles leicht finden lassen würde, wenn ich erst einmal ein paar markante Punkte in der Landschaft erkannt hatte. Mein optimistischer Plan geriet jedoch ins Wanken, als ich auf ein rot-weißes Schild mit der Aufschrift »umgeleiteter Verkehr links halten« stieß. Da ich mir nicht bewußt war, eine Umleitung gefahren zu sein, beschloß ich, daß das für mich nicht galt, und fuhr weiter geradeaus. Ein paar Meilen weiter gelangte ich an eine unbeschilderte Gabelung. Hier bog ich links ab, weil ich vermutete, jetzt auf der Tangente zu sein beziehungsweise von dort bald auf sie zu stoßen, wenn ich sie jetzt noch nicht erwischt hatte. Meine Vermutung stellte sich in doppelter Hinsicht als falsch heraus. Die Straße, die ich genommen hatte, erwies sich nur als Verbindung zwischen mehreren Kreisverkehren, deren einzige Absicht es anscheinend war, mich am Vorwärtskommen zu hindern. Von diesen Kreisverkehren war auf dem Kartenabschnitt, wo ich mich zu befinden glaubte, keine Spur zu sehen. Ich hörte also auf, mich nach ihr zu richten, und fuhr statt dessen der Nase nach weiter. Erst als ich ein Schild erblickte, das mich zurück auf die Ringstraße verwies, sah ich ein, daß ich den falschen Weg gefahren war. Das allein wäre noch zu ertragen gewesen, auch wenn es ziemlich ärgerlich war. Allerdings machte jetzt auch noch der Van schlapp. Ich hatte schon während der Fahrt ein- oder zweimal bemerkt, daß er nicht so gut zog wie sonst, und als jetzt der Motor ausging, wurde mir klar, warum: Der Tank war leer.

Am besten weise ich wohl sofort darauf hin, daß es nicht mein Job war, die UniVans zu betanken. Vergessen Sie nicht: Es handelte sich um den PLAN zur Vollbeschäftigung. Er sah vor, daß derartige Aufgaben nachts von den Mechanikern im Schichtdienst erledigt wurden. Eigentlich war mir schon in dem Moment, als ich den Van angelassen hatte, aufgefallen, daß der Tankanzeiger gegen Null zeigte, aber da das schon die ganze letzte Woche der Fall gewesen war, hatte ich angenommen, er sei kaputt, und nicht weiter darauf geachtet. Heute zeigte er aber nicht nur auf »leer«, sondern auf »ganz leer«. Mit einem ersterbenden Röcheln ging der Motor aus, und ich kam am Straßenrand zum Stehen.

Ich stieg aus und sah mich an dem Platz um, an dem ich unbeabsichtigterweise gehalten hatte. Super! Weit und breit kein Café in Sicht! Kein Zeitungskiosk! Keine Bibliothek! Nicht einmal ein Park in der Nähe mit einer bequemen Bank und einem Ententeich! Kurzum: Nichts, um mir die Zeit zu vertreiben, während ich darauf wartete, abgeschleppt zu werden. Ich war umgeben von Industrieanlagen, die alle ein Stück zurückgesetzt hinter häßlichen Sicherheitszäunen an der Straße lagen. Seufzend machte ich mich auf die Suche nach einer Telefonzelle. Das dauerte seine Zeit, aber schließlich fand ich eine. Dann kramte ich in meiner Tasche nach der Notfallnummer der Mechaniker. Ein paar Sekunden später hatte ich Rob Marshall am anderen Ende. Als er hörte, daß mir der Diesel ausgegangen war, seufzte er auch.

»Wo bist du genau?«

»In einer Telefonzelle«, erwiderte ich. »Hier steht: Straße der Freundschaft.«

»Nie gehört.«

»Ich auch nicht. Ich glaube allerdings, ich bin ziemlich nah an der Ringstraße. Habt ihr da in eurem Büro keine Karte?«

»Natürlich haben wir eine«, sagte er. »Also gut. Bleib beim Van, und wir kommen und kümmern uns um dich.«

Ich schlenderte zurück und war mir im klaren darüber, daß ich Rob innerhalb der nächsten zwei Stunden nicht zu Gesicht bekommen würde. Die Mechaniker konnten nicht einfach alles stehen- und liegenlassen und losfahren, um nach liegengebliebenen Fahrzeugen zu suchen. Ich fügte mich also in mein Schicksal, irgendwo in der Pampa im Fahrerhaus zu sitzen und zu warten. Ich hätte wirklich wissen müssen, daß ich auf der falschen Straße war, schon allein deswegen, weil mir keine Uni-

Vans entgegengekommen waren. Ich hatte jetzt schon eine ganze Weile lang keinen mehr gesehen: Ein sicheres Zeichen, daß ich ins Abseits geraten war. In gewisser Weise war das aber auch ein Segen, denn hätte ich an einer belebten Durchgangsstraße diese Panne gehabt, hätte ich dafür, daß mir der Diesel ausgegangen war, den Spott aller vorbeikommenden Fahrer ertragen müssen.

Ich ließ mich auf dem Beifahrersitz nieder, legte die Füße auf das Armaturenbrett und versuchte, es mir so gemütlich wie möglich zu machen. Dann schaute ich mich im spartanischen Inneren des Vans um, auf das große Lenkrad, die Handbremse und die Reihe einfacher Kontrolleuchten, deren Anordnung mir so vertraut war.

Knapp oberhalb der Windschutzscheibe waren in schwarzen Buchstaben die Fahrzeugmaße eingraviert:

HÖHE: 10’2”
BREITE: 8’0”
LÄNGE: 19’6”

Ich starrte auf diese Ziffern, wie ich das schon viele Male zuvor getan hatte. Ich starrte durch die Windschutzscheibe auf die Fabrikgebäude und suchte nach einem Anzeichen von Leben. Und ich starrte in den Seitenspiegel. Zu meiner Überraschung stand dort ein Mann. Zuerst dachte ich, Rob Marshall hätte es irgendwie geschafft, völlig lautlos anzukommen, verabschiedete mich aber von dieser Idee in dem Moment, als ich die Kleidung des Mannes bemerkte. Anstelle eines blauen Mechanikeroveralls hatte er einen ausgebleichten Anzug an, der ihm eine Nummer zu klein zu sein schien. Außerdem trug er eine Art Einkaufstüte mit langen Henkeln bei sich. Als er sie hinlegte und Notizbuch und Stift hervorholte, war mir sofort klar, daß ich ins Visier eines UniVan-Fans geraten war. Ich hatte keine Ahnung, woher er aufgetaucht war, da mir auf dem Weg zur Telefonzelle keine anderen Fußgänger aufgefallen waren. Vielleicht, dachte ich mir, gehörte er zu einem der Gebäude in der Nähe. Ich hoffte, er würde denken, ich schliefe, blieb regungslos sitzen und sah mit halbgeschlossenen Augen zu, wie er das Fahrzeug inspizierte. Zum Glück interessierten sich diese Fans weitaus mehr für die UniVans als für die Leute, die sie fuhren. Deswegen hielt ich es für unwahrscheinlich, daß er mich belästigen würde. Tatsächlich marschierte er um den Van herum, als würde er ihm gehören, und kritzelte verschiedene Bemerkungen in sein Büchlein, bevor er eine Kamera hervorzog, um ein Photo zu machen. Aus der Stille meiner Fahrerkabine sah ich diesem beschäftigten Mann zu, wie er herumhuschte und seinem Hobby frönte. Nicht zum ersten Mal fragte ich mich, wie man sich sein ganzes Leben mit UniVans beschäftigen konnte! Einen Moment lang schaute er direkt auf mich. Ich konnte meinen Blick nicht schnell genug abwenden und hielt es darum für das beste, ihm flüchtig zuzunicken. Zur Antwort erhielt ich ein gespenstisches Grinsen, das mich in dem langgehegten Glauben bestärkte, alle UniVan-Fans seien bekloppt.

Schließlich schlenderte er davon, vermutlich auf der Suche nach einem weiteren UniVan, den er in sein Notizbuch aufnehmen könnte, während ich mich für ein kleines Nickerchen zurücklehnte. Ich konnte mich wirklich nicht beschweren, fürs Schlafen bezahlt zu werden, und ich mußte zugeben, daß der Beifahrersitz ziemlich gemütlich war. Ich döste mehr als eine Stunde lang vor mich hin, bevor ich durch ein Hupkonzert geweckt wurde. Rob war im Service-Van angekommen.

Benommen stieg ich aus, um ihn zu begrüßen, und machte mich auf eine Schimpftirade gefaßt, weil ich nicht gemeldet hatte, daß der Tank fast leer war. Statt dessen entschuldigte er sich jedoch für die Mechaniker und sagte, daß sie sich die Hakken abliefen, um mit den UniVans auf den normalen Touren fertig zu werden, und daß mein Fahrzeug eigentlich diese Woche nicht zum Einsatz vorgesehen war. Indem wir auf diese

Weise der Schuldfrage aus dem Weg gegangen waren, tauschten wir ein paar abfällige Bemerkungen über »das Management« aus. Dann öffnete Rob die Hintertür seines Vans. Im Inneren befanden sich mehrere Kanister Diesel, genug für den Rest des Tages. Ich sah zu, wie er meinen Tank auffüllte, und ein paar Minuten später war ich abfahrbereit. Zuvor war noch ein Zettel abzuzeichnen, was sich nicht vermeiden ließ und von Rob als unwichtig, aber notwendig bezeichnet wurde. Und dann konnte ich endlich meine Fahrt fortsetzen. Sorgfältig studierte ich meine Karte, um sicherzugehen, daß ich nicht noch einmal den falschen Weg nahm, dann sagte ich Rob ade und fuhr los.

Als ich schließlich in Eden Lacy ankam, war es zwanzig vor drei. Normalerweise wäre ich um diese Uhrzeit schon wieder abgefahren, aber es gab keinen Grund zu der Annahme, dort würde jetzt nicht diese lockere Vormittagsstimmung herrschen. Daher geriet ich einigermaßen außer Fassung, als Harold und die anderen mich mehr oder weniger ignorierten. Abgesehen von einem kurzen Blick in meine Richtung bei meiner Ankunft schien ihre gesammelte Aufmerksamkeit einem UniVan zu gelten, der schon an der Rampe parkte. Dieser war mit den Buchstaben CT gekennzeichnet. Während die drei damit zugange waren, mehrere Paletten einzuladen, stand die Besatzung ein Stück weit entfernt und sah schweigend zu. Als ich die Stufen hinaufging, war nichts von dem freundlichen Geplänkel zu hören, das ich normalerweise mit Eden Lacy in Verbindung brachte: Kein Kartenspiel lag auf dem Tisch, kein verlockender Becher mit Tee stand dort, und von Jim, der sonst unter dem kleinsten Vorwand aus seiner Werkstatt geschlendert kam, war auch keine Spur zu sehen. Trotzdem stellte ich mich zu dem Fahrer und seinem Gehilfen und bemühte mich, Kontakt aufzunehmen. Als ich mich ihnen näherte, schauten sie mich an, grüßten mich aber nicht.

»Alles klar?« sagte ich.

»Alles klar«, erwiderte einer von ihnen.

Der andere wandte sich etwas ab und schien Harold zu beobachten, der einen Palettentransportwagen herumbugsierte. Das war an sich schon ein seltener Anblick. Normalerweise übernahm Eric das Aus- und Einladen, während Harold seine Hände in den Taschen behielt. Heute liefen die Dinge jedoch ganz anders.

»Nettes Depot, nicht wahr?« Ich versuchte, mit ihnen ins Gespräch zu kommen.

Der Mann, der Harold beobachtet hatte, drehte sich jetzt zu mir und sah mich ungläubig an.

»Nett?«

»Ja.«

»Wovon redest du? Das ist blöd hier.«

»Aber die Leute sind wirklich freundlich.«

Er schüttelte den Kopf. »Wie lange bist du schon beim PLAN dabei?«

»Ungefähr fünf Jahre.«

»Na ja, dann mußt du bescheuert sein.«

»Warum?«

»Weil man hier nie einen vorgezogenen Feierabend rausholen kann, Mensch!« fuhr er mich an. »Hier gibt's keine Oberaufseher, die dir deine Karte abzeichnen!«

»Nein, aber …«

»Kein Aber«, sagte sein Kumpan. »Das hier ist das blödeste Depot in der ganzen Region.«

Die Wendung, die das Gespräch nahm, gefiel mir ganz und gar nicht, aber ich konnte die beiden schlecht einfach stehenlassen. Ich wechselte darum das Thema.

»Ich fahre jeden Tag von Long Reach hierher«, sagte ich. »Auf Meßtour.«

»Wofür?«

»Unser Einzugsgebiet soll erweitert werden. Es gibt neue Zeitpläne und so. Wir werden also regelmäßig herkommen.«

Die beiden Männer brachen in lautes Lachen aus. »Na ja«, sagte einer von ihnen. »Da hast du's ja gut.«

Inzwischen waren Harold und sein Team mit dem Beladen fertig und fingen am hinteren Ende der Rampe mit dem Fegen an. Das veranlaßte mich, einen Blick auf meine Uhr zu werfen. Es war schon nach drei!

»Also dann«, kündigte ich an. »Ich breche dann mal lieber auf. War nett, mit euch zu reden.«

»M-hm«, murmelten die beiden.

Ich winkte den anderen zu, als ich die Stufen hinunterging, aber sie schienen es nicht zu bemerken. Ich kletterte also zurück in meine Fahrerkabine und fuhr los.

Die Umstände meiner Fahrt nach Eden Lacy hinterließen in mir ein seltsames Gefühl der Beunruhigung. Plötzlich fragte ich mich, ob ich mich von der allgemein im PLAN herrschenden Stimmung entfernt hatte. Jedenfalls hatten mich die Bemerkungen der Mannschaft aus dem CT-Depot verblüfft – wo immer das auch lag. Ihren Äußerungen nach zu urteilen hätte jeder vermutet, daß die Anhänger des vorgezogenen Feierabends eine Truppe von Flegeln waren, die sich nur dafür interessierten, ihre Karten abgezeichnet zu bekommen. Als ich allerdings an Keith und Rodney dachte, die auch beide anerkannte Feierabendanhänger waren, merkte ich, daß man eine Gruppe nicht nach dem Verhalten einer Minderheit beurteilen durfte. Diesen beiden ging nichts über eine Tour nach Eden Lacy, und sie dachten erst an einen vorgezogenen Feierabend, wenn sich ihr Arbeitstag ohnehin seinem Ende näherte. Wie dem auch sei, es wurde immer deutlicher, daß sich die Fronten verhärteten. Mir fiel auf, daß ich mir bisher zum Glück die Situation in ihrem ganzen Ausmaß nicht vor Augen geführt hatte. Dies alles ging mir während meiner Rückfahrt nach Long Reach durch den Kopf. Der Verkehr hatte zugenommen, und als ich ankam, war es schon fast Viertel vor fünf. Niemand war mehr da außer Collis, der innen am Tor stand und darauf wartete, abschließen zu können. (Die Torwärter selbst hörten um halb fünf mit der Arbeit auf.)

»Hast du kein Zuhause, das auf dich wartet?«, fragte er, als ich langsam an ihm vorbeifuhr. Ich machte mir nicht die Mühe, zu antworten.

All dies stimmte mich auf die verbleibenden paar Tage ein, die ich noch mit den Meßtouren beschäftigt war. Als ich am nächsten Morgen nach Eden Lacy zurückfuhr, war alles wieder beim alten, und wir amüsierten uns gemeinsam bei einem netten Kartenspiel. Trotzdem wurde mir bewußt, daß sich der Ausnahmecharakter dieser Touren abzunutzen begann. Auf dem Weg hier raus war ich auf der Ringstraße an den Harper-Brüdern vorbeigefahren und hatte zur Begrüßung aufgeblendet, was sie erneut ignoriert hatten. Ich mußte meine normalen Touren wirklich bald wiederaufnehmen, um mal richtig mit Bill reden zu können. Wie um mir dies noch deutlicher werden zu lassen, sah ich auf der Heimfahrt an diesem Nachmittag den UV 55, mein normales Fahrzeug. Hinter dem Steuer saß George, und Jonathan auf dem Beifahrersitz! Ich hatte keine Ahnung, wie George das hinbekommen hatte, aber seine Absicht war mir klar. Unsere Tour beinhaltete vorschriftsmäßig eine Fahrt zwischen den Depots Rudgeway und Blackwell, was bedeutete, daß wir direkt an Sandros Backstube vorbeifuhren. George war es offenbar leid geworden, nach Hause geschickt zu werden, und hatte jemand anderen überredet, ihm die Tour zeitweise zu überlassen. Als Hilfsfahrer hatte er (mehr oder weniger) das Recht dazu, dennoch waren wohl ein paar Regeln gebrochen worden, um das tatsächlich möglich zu machen. Ihn jetzt hinter dem Steuer unseres UniVans zu sehen verschlimmerte mein Gefühl, nicht mehr dazuzugehören.

Die letzten paar Fahrten waren dann doch noch ganz angenehm. Viel Zeit schien nicht vergangen zu sein, als ich wieder mit der Liste der gemessenen Zeiten in Ray Coppins Büro stand.

»Hat doch alles gut geklappt, was?« fragte er, als er sich setzte und die Ziffern durchsah.

»Ja, danke.«

»Das ist schön.« Er zog eine Schublade auf und legte die Liste hinein. »Ich muß diese hier irgendwann mal denen in Merry Park übermitteln, wenn ich einen Augenblick Zeit dafür habe.«

»Haben Sie schon eine Vorstellung, wann die neuen Zeitpläne eingeführt werden?« erkundigte ich mich.

»Aaaach, noch eine ganze Weile lang nicht«, erwiderte er. »Das muß alles erst noch überprüft werden.«

»Äh … oh.«

»Im Moment haben wir noch keine Veränderungen in Aussicht.«

Am nächsten Morgen nahm ich meine normale Arbeit wieder auf und stempelte um zehn vor acht meine Karte ab. Ich glaube, George war etwas enttäuscht, daß er das Steuer unseres Fahrzeugs wieder abgeben mußte, aber er zog sich auf den Beifahrersitz zurück, ohne sich groß zu beschweren. Die Tour verlief im Dreieck, mit Stopps in Merry Park, Blackwell und Rudgeway, und daher für Georges Zwecke ideal. Es war ihm gelungen, seinen Kuchenrückstand über die letzten paar Tage aufzuholen, aber es gab immer wieder neue Aufträge, um die er sich kümmern mußte. Heute mußten wir vier Schachteln bei Sandro abgeben. Als wir um die Mittagszeit in Blackwell ankamen, erfuhr ich zu meinem Entsetzen, daß Gosling immer noch beurlaubt war. Ich wollte mich nicht bei Osgood erkundigen, was wohl aus ihm werden würde, denn die Oberaufseher waren in diesen Angelegenheiten nicht sehr auskunftsfreudig. Unter der Belegschaft des Depots kursierten jedoch allerlei Gerüchte. Charlie Green erzählte mir beispielsweise, daß »Mr.« Gosling sehr vermißt würde und daß das Management einen »großen Fehler« begehen würde, ihn nicht bei erster Gelegenheit wieder einzustellen. Mick Dalston stimmte dem in gewisser Weise zu, wies aber darauf hin, daß Gosling nicht der einzige Oberaufseher war, der so großzügig Karten abgezeichnet hatte.

»Sicherlich gibt es andere, die seinen Platz übernehmen können«, mutmaßte er.

»Kann schon sein«, sagte Charlie. »Aber so jemanden wie ihn wird es nicht noch einmal geben.«

Unterdessen sprach Len Walker mit vor Entrüstung zitternder Stimme von »gerechten Strafen« , die die Anhänger des vorgezogenen Feierabends und ihre Förderer trafen. Es war ja auch Len gewesen, der als erster Bedenken über den sinkenden Standard im PLAN geäußert hatte. Jetzt schien er als eine Art König der Weisen angesehen zu werden, insbesondere von den Pauschaltagverfechtern. George erzählte mir, wie Len einmal während meiner Abwesenheit auf seinem Gabelstapler gesessen und Reden über die Unantastbarkeit des Achtstundentags geschwungen und ihm eine kleine Gruppe von Fahrern mit ihren Gehilfen gebannt gelauscht habe.

»Wenn du mich fragst«, war Georges Kommentar, »ich finde diese Pauschaltagverfechter zu selbstgerecht. Sie denken wohl, sie wären die einzigen, die arbeiten.«

»Na ja, aber das sind sie doch auch, oder nicht?« sagte ich.

»Eigentlich nicht«, erwiderte er. »Sie denken vielleicht, das wären sie, aber in Wahrheit teilen sich die Anhänger des vorgezogenen Feierabends einfach nur ihre Zeit besser ein.«

»Aber macht das aus dir schon einen Anhänger des vorgezogenen Feierabends?«

»Ich bin überhaupt gar nichts«, verkündete George. »Ich interessiere mich nur für meine Kuchen.«

Nach diesem Gespräch brachen wir nach Rudgeway auf. Unterwegs hielten wir bei Sandro. George ging mit dem üblichen Stapel Schachteln hinein. Als er wieder herauskam, fiel mir auf, daß er ziemlich verlegen aussah.

»Was ist los?« fragte ich.

»Eigentlich nichts«, sagte er. »Außer, daß es mir sehr entgegenkäme, wenn wir spätestens um vier wieder in Long Reach sein könnten. Ein Kindergeburtstag, du weißt schon.« Als Erklärung zeigte er mir die eine Schachtel, die er gerade abgeholt hatte.

»Aber bis eben hast du es nicht für nötig gehalten, mir das zu sagen.«

»Nein«, sagte George. »Ich meine, ja. Stimmt.«

»Na ja, ich denke mal, wir könnten versuchen, in Rudgeway einen vorgezogenen Feierabend zu bekommen«, schlug ich vor. »Und dann drücken wir ab da aufs Gas.«

Er seufzte. »Das Problem ist, ich habe da schon erste vorsichtige Erkundigungen angestellt. Die Oberaufseher dort werden immer zurückhaltender, was das Abzeichnen angeht, nach allem, was Gosling zugestoßen ist.«

»Was schlägst du also vor?«

»Können wir nicht einfach das Risiko eingehen, früher zu verschwinden?«

»Du spinnst wohl.«

»Ach, komm schon«, bat George. »Nur dieses eine Mal.«

Ich ließ mir seine verzweifelte Bitte durch den Kopf gehen. Natürlich war hier nicht die Rede von »nur dieses eine Mal«, solange es sich um George handelte, aber ich glaubte, eine Lösung für das unmittelbare Problem zu haben.

»Hör mal«, sagte ich. »Horsefall hat mich die letzten zehn Tage immer früher zurückkommen sehen. Wahrscheinlich wird er es nicht einmal bemerken, wenn wir uns leise reinstehlen.«

»Und was ist mit Collis?«

»Das dürfte kein Problem sein.«

Wir einigten uns also darauf, das Risiko einzugehen. Wieder einmal, fiel mir auf, hatte ich gegen meinen Willen gehandelt, um es George, oder besser: seiner Freundin, recht zu machen. Und der einzige Vorteil, den ich aus dieser Abmachung zog, war ein Gefallen, den man mir zu irgendeinem nicht näher bestimmten Zeitpunkt in der Zukunft tun würde. Aber gut, so liefen die Dinge nun einmal im PLAN, also machte ich mit. Außerdem waren wir vor unserer jetzigen Tour schon eine ganze

Weile nicht mehr in Rudgeway gewesen, so daß man uns dort nicht so gut kannte. Daher schien es in Ordnung, so schnell wie möglich nach dem Beladen dort aufzubrechen, ungefähr fünfzehn Minuten vor der Zeit. Als wir in Long Reach ankamen, hatte ich noch einmal fünf gutgemacht, alleine weil ich das Gaspedal durchgedrückt hatte.

Ich hielt vor dem Tor an. »Geh schon«, sagte ich. »Zieh Leine.«

»Nein, schon gut«, erwiderte George. »Ich komme mit dir rein. Ich muß Ken Scanlon noch für eine Minute sprechen.«

»Wie du willst.«

Ich fuhr so gelassen wie ich konnte in den Hof und hoffte, daß das niemandem auffallen würde. Einen Moment lang schien das ziemlich wahrscheinlich, denn von Horsefall, Collis oder einem anderen der gewohnten Oberaufseher war keine Spur zu sehen. Unsere Hoffnung schwand jedoch, als wir uns einer Gestalt mit einer schwarzen Schirmmütze, einer schwarzen Jacke und einem knielangen schwarzen Rock gegenübersahen.

»Ach du meine Güte«, sagte George. »Das ist ja eine Frau.«

9

Es ließ sich nicht vermeiden, daß sie auf uns aufmerksam wurde. Unser Fahrzeug war das einzige im Hof, und in dem Augenblick, als wir auftauchten, warf sie einen Blick auf ihre Armbanduhr. Dann beobachtete sie mit kühlem Gesichtsausdruck, wie ich den Van an die Rampe zurücksetzte. Ich zog die Handbremse an und blieb hinter dem Steuer sitzen, als sie entschlossen in unsere Richtung schritt. Ehrlich gesagt war ich von ihrer unerwarteten Anwesenheit überrascht, und ich glaube, das gleiche galt auch für George. Natürlich waren wir es gewohnt, auch Frauen im PLAN zu sehen, denn in den Kantinen und Büros arbeiteten viele. Wir hatten sogar gehört, daß ein paar Depots vor kurzem ein paar als Fahrerinnen und Gehilfinnen eingestellt hatten. Niemals zuvor hatten wir jedoch eine Frau in der Uniform eines Oberaufsehers gesehen. Mir war sofort klar, daß diese Situation besonderes Fingerspitzengefühl erfordern würde.

»Überlaß mir das«, murmelte ich. »Ich regel' das schon.«

Ich machte die Tür auf und kletterte aus der Kabine, um ihr entgegenzugehen. Etwa sechs Feet vom Van entfernt blieb sie stehen und blätterte ihre Kladde mit den Zeitplänen durch. Dann blickte sie auf.

»Tag auch«, sagte ich und lächelte sie so gewinnend wie möglich an. »Willkommen in Long Reach.«

»Danke«, erwiderte sie. »Könnte ich bitte Ihre Stechkarte sehen?«

»Äh … ach, ja. Hier.«

Ich reichte ihr die Karte, die sie eingehend untersuchte. Offenbar wußte sie, worauf es ankam. Aus dem Augenwinkel sah ich, wie George aus der Fahrerkabine kletterte und langsam auf die Werkstatt zuging. Unter seinem Arm klemmte die Kuchenschachtel.

»Ich habe Sie noch nie in dieser Ecke gesehen«, sagte ich im Plauderton.

»Nein, das können Sie auch nicht«, erwiderte die Oberaufseherin. »Ich bin vom Depot in Royal Pond hierher versetzt worden.«

»Aber doch nur zeitweise, oder?«

»Auf Dauer.«

»Oh.«

Jetzt blickte sie über den Hof zu George. Ihre Augen waren direkt auf die Schachtel gerichtet.

»Wichtiges Material«, verkündete er, wie zur Erklärung, und ging weiter. Er hatte ungefähr ein Drittel der Strecke bis zur Werkstatt zurückgelegt, als sie wieder etwas sagte, knapp und deutlich.

»Stehenbleiben.«

George blieb stehen.

»Kommen Sie zurück.«

Er latschte zurück und stellte sich vor sie.

»Was für ›wichtiges Material‹?«

»Na ja«, sagte George. »So eine Mischung.«

»Aha?« sagte sie. »Dann lassen Sie uns mal nachsehen.«

Aus seinem Gesicht wich die Farbe, als er anfing, den Deckel abzuheben.

»Ist die für mich?!« rief eine Stimme aus der Werkstattür. Es war Ken Scanlon.

»Könnte sein!« rief George zurück.

»Dann bring sie mir endlich! Ich habe auch nicht den ganzen Tag Zeit!«

Die Oberaufseherin sah George mißtrauisch an. Er zuckte mit den Schultern und machte sich wieder auf die Wanderung quer über den Hof. Ihr Blick fiel auf Ken, der schnell in der Tür verschwand, und dann auf mich.

Ich lächelte wieder. »Wahrscheinlich treffen Sie ganz schön viele interessante Leute in Ihrer Branche, was?«

»Bisher nicht«, antwortete sie. »Aber ich nehme mal an, es gibt immer noch eine Chance.«

Es folgte ein Moment des peinlich berührten Schweigens, in dem sie noch einmal unsere Stechkarte musterte.

»Wie lange sind Sie denn schon beim PLAN dabei?« fragte sie schließlich.

»Ungefähr fünf Jahre.«

»Na ja«, sagte sie und gab mir die Karte zurück. »Dann sollten Sie wissen, daß Sie nicht ohne Unterschrift früher zurückkommen können.«

Und zu meiner großen Verwunderung ließ sie es damit gut sein.

Die Uhr war inzwischen auf Viertel nach vier vorgerückt, und ein oder zwei Vans näherten sich langsam und zögerlich dem Tor. Nach einem weiteren kurzen Blick auf ihre Uhr nickte mir die neue Oberaufseherin kurz zu und fing dann an, die zurückkommenden Fahrzeuge auszuchecken. Ich sah, wie George aus einem Hinterausgang der Werkstatt kam, immer noch mit seiner Kuchenschachtel unter dem Arm, und sich schnell aus dem Staub machte. Ein dritter UniVan rumpelte in den Hof und fuhr direkt auf die Waschanlage zu. Hinter dem Steuer saß Bill Harper, neben ihm auf dem Beifahrersitz Richard.

Jetzt bot sich mir die Gelegenheit, mich wieder mit Bill zu versöhnen. Nachdem ich also abgeschlossen und die Schlüssel abgegeben hatte, ging ich zu ihm rüber. Inzwischen stand sein Fahrzeug in der Waschanlage, aber aus irgendeinem Grund waren weder er noch Richard aus ihrer Kabine geklettert. Statt dessen blieben sie darin sitzen. Beim Näherkommen sah ich, daß sie in eine hitzige Diskussion über irgend etwas verwickelt waren. Ich blieb auf der Stelle stehen und sah zu, wie sie mit erhobener, allerdings gedämpfter Stimme aufeinander einredeten und dabei wild gestikulierten. Dann machte Bill plötzlich seine Tür auf, sprang heraus und knallte sie hinter sich zu. Als er in Richtung der Laderampe davonstapfte, rief ich seinen Namen, aber er ignorierte mich völlig.

»Bill!« Ich versuchte es noch einmal. »Bill!«

Es nützte nichts. Er war schon die Treppen hinaufgestiegen und verschwand im Inneren des Depots. Ich blieb zurück und fragte mich, worüber sie wohl gestritten hatten. Auch Ron Curtain war Zeuge dieser ganzen Szene geworden. Er war gerade vor der Waschanlage angekommen, und sein Fahrzeug war als nächstes dran. Als er meine Verblüffung bemerkte, stieg er aus und kam auf mich zu.

»Bill redet wohl nicht mehr mit mir«, bemerkte ich.

»Er redet mit keinem mehr«, sagte Ron. »Er streitet sich nur noch ununterbrochen mit Richard.«

»Worüber denn?«

»Na ja, sagen wir mal, es gibt da ideologische Differenzen.«

Wir sahen zu, wie Richard aus der Kabine kletterte, die Maschine anwarf und dann einen Schritt zurück machte, als die großen Rollen sich zu drehen anfingen. Sekunden später verschwand der UniVan unter einer Schaumschicht.

»Differenzen?« wiederholte ich. »Dabei sind sie doch beide Pauschaltagverfechter.«

»Klar sind sie das«, antwortete Ron. »Aber Bill besteht darauf, sich seine Acht-minus-zehn zu nehmen, während Richard darauf verzichten will. Seit Tagen zanken sie sich schon.«

»Wirklich?«

»Wie ein paar alte Kampfhähne. Das wüßtest du auch, wenn du ein bißchen öfter nach oben in die Kantine kämst, statt jede Mittagspause in deinem Van zu verbringen.«

»Wovon redest du?«

»Von dir.«

»Na ja, nur weil es da oben so laut ist«, protestierte ich. »Manchmal kann man sein eigenes Wort nicht mehr verstehen!«

Ron schüttelte den Kopf. »Bei mir brauchst du dich nicht zu entschuldigen. Ich sage doch nur, daß dort gerade sehr wichtige Debatten im Gange sind und daß du nichts davon mitbekommst.«

»Ach ja« sagte ich. »Das war mir nicht klar.«

»Vielleicht ist es Zeit, daß du dich ein bißchen mehr engagierst.«

»Ja … vielleicht.«

Während die Minuten verstrichen, bogen immer mehr UniVans in den Hof ein, um dort über Nacht zu parken. Bald gesellte sich auch noch Bryan Tovey zu uns. Normalerweise war er immer gut gelaunt, aber jetzt sah er regelrecht verstimmt aus.

»Noch so ein Tag ohne vorgezogenen Feierabend«, seufzte er.

»Glaub ja nicht, daß wir dich bemitleiden«, antwortete Ron.

Dieser ganz schön harsche Ausbruch überraschte mich, aber ebenso verblüfft war ich, als Bryan ihn anfuhr: »Keine Sorge, Kumpel, das will ich auch gar nicht!« Dann drehte er sich um und ging weg.

»Junge, Junge«, sagte ich, nachdem er verschwunden war. »War das nicht eine Nummer zu hart?«

»Finde ich eigentlich nicht«, sagte Ron. »Ehrlich gesagt, gehen mir diese Vorgezogener-Feierabend-Leute auf die Nerven.«

Er klimperte mit seinen Schlüsseln und ging hinüber zu seinem UniVan, um ihn abzuschließen. In diesem Moment entdeckte ich, daß etwas mit gelber Kreide auf die Tür gemalt war: Eine Acht in einem Viereck.

»Aber von dir habe ich am allerehesten gedacht, du seiest neutral.«

»Neutral sein geht nicht mehr«, antwortete er. »Heutzutage bist du entweder ein Pauschaltagverfechter oder ein Anhänger des vorgezogenen Feierabends. Dazwischen gibt es nichts.«

Anscheinend hieß die neue Oberaufseherin Joyce. Diese Information bekam ich am folgenden Morgen von Collis, der von seinem Bürofenster aus gesehen hatte, wie ich mit ihr gesprochen hatte. Während der Van gerade beladen wurde, gesellte er sich auf der Rampe zu mir und ließ mich seine Meinung wissen.

»Bei der muß man aufpassen«, verkündete er. »Die ist sehr ehrgeizig.«

»Das dachte ich mir.«

»Bei der kriegst du schneller einen Eintrag, als du gucken kannst.«

»Na ja, gestern abend war sie doch ziemlich in Ordnung«, sagte ich. »Hart, aber gerecht, oder so in der Art.«

»Oh, beim ersten Mal ist sie immer freundlich«, sagte Collis. »Solange sie sich noch ein Bild von dir macht.«

In diesem Moment kam Joyce zwischen zwei Kistenstapeln am hinteren Ende der Rampe in Sicht. Ihr plötzliches Auftauchen veranlaßte Collis, schleunigst seine Kladde mit den Zeitplänen aufzuschlagen und sie durchzublättern. Dann blickte er auf seine Uhr.

»Jetzt aber mal los«, befahl er mir in gebieterischem Tonfall. »Du solltest längst beladen und losgefahren sein.«

»Schon gut«, antwortete ich. »Das ist alles geregelt. George kümmert sich heute morgen ums Beladen.«

»Dann ist das okay«, sagte er und senkte die Stimme. »Aber tu mal lieber beschäftigt, sonst hast du sie sofort auf den Fersen.«

Damit zog er sich in das Refugium seines Büros zurück und vergaß dabei offensichtlich, daß sie ihn dort jederzeit aufsuchen konnte, wenn es ihr in den Sinn kam. Im Augenblick schien sie sich jedoch damit zu begnügen, die allgemeine Geschäftigkeit an der Laderampe zu überwachen. Lässig schlenderte sie von Van zu Van und nickte den Lagerarbeitern und Fahrern zu, die sich über ihre Arbeit beugten. George, fiel mir auf, machte eine ziemliche Show daraus, Chris Peachment dabei zu helfen, einige besonders große Kisten auf unser Fahrzeug zu laden. (Sie waren so groß, weil unsere Fracht heute aus Karosserieseitenteilen für die UniVans bestand.) Joyce blieb eine Weile stehen und verfolgte, wie sie den Gabelstapler in Position brachten. Dann blickte sie sich nachdenklich im Depot um. Sie tat das mit besitzergreifender Miene, als würde sie das Kubikvolumen des Gebäudes abschätzen.

»Ist das nicht großartig?« sagte ich, indem ich mich zu ihr stellte. »Wieviel man unter ein Dach quetschen kann.«

»Na ja, so besonders viel gequetscht wird hier doch gar nicht«, erwiderte sie. »Die meiste Zeit der Woche ist es ja halb leer.«

»Ja, aber es ist doch praktisch, diesen ganzen leeren Raum bespielen zu können.«

»Praktisch würde ich das nicht nennen. Eher Verschwendung. Ich bin überzeugt, dieser Raum könnte weitaus sinnvolleren Zwecken dienen.«

»Sie meinen, ergonomisch?«

»Nein«, sagte Joyce. »Ich meine nützlich.«

Da ich den eigentlichen Kern ihrer Aussage nicht begriff, fand ich, es sei das beste, das Thema zu wechseln.

»Ich gehe nur noch schnell Tee holen, bevor wir aufbrechen. Darf ich Ihnen einen mitbringen?«

»Nein danke«, sagte sie. »Ich trinke keinen Tee. Auch keinen Kaffee.«

»Aber womit verbringen Sie denn dann Ihre Zeit?«

»Eigentlich ganz einfach. Ich kontrolliere beispielsweise, ob die Leute die richtigen Uniformen anhaben.«

»Ach.«

»Haben Sie dieses Jahr keine Hemden im neuen Schnitt bekommen?«

»Doch, aber ich mag die alten lieber. Die sind bequemer.«

»Das spielt hier keine Rolle«, sagte Joyce. »Sie bekommen jedes Jahr neue, damit die Textilabteilung etwas zu tun hat. Ich hätte vermutet, ein Mann mit Ihren intellektuellen Fähigkeiten wüßte das.«

Ob diese letzte Bemerkung als Kompliment oder Beleidigung gemeint war, vermochte ich nicht zu sagen. Zum Glück blieben mir die Unwägbarkeiten eines weiteren Gesprächs erspart, weil George mit lautem Knall die Rolltür schloß. Das war das Aufbruchssignal. Nachdem ich also Joyce versprochen hatte, am nächsten Tag eines von den neuen Hemden anzuziehen, lief ich hinüber zum Café, holte Tee und stellte mich dann zu meinem Gehilfen auf die Rampe.

»Ich habe dich gesehen«, sagte er. »Stehst du etwa auf sie?«

»Natürlich nicht«, erwiderte ich. »Wir haben uns nur unterhalten, mehr nicht. Ich muß sagen, sie hat ein paar sehr interessante Ansichten.«

»Na ja, vergiß aber nicht, daß sie letzten Endes immer ein Oberaufseher bleibt.«

»Nein«, versicherte ich ihm. »Das vergesse ich schon nicht.«

Wir sahen Joyce nach, wie sie in ihren schwarzen, zweckmäßigen Schuhen auf das Büro zuschritt. Dann kletterten wir in die Kabine und machten uns auf den Weg, erst nach Merry Park, dann nach Blackwell und zuletzt nach Rudgeway. Wie ich bereits erwähnte, war dies das Depot, das wir schon eine ganze Weile lang nicht mehr regelmäßig angefahren hatten, einfach deshalb, weil die Streckenpläne jetzt anders zusammengestellt waren. Die einzige Person, die wir überhaupt dort kannten, war ein Lagerhalter namens Reg Pippett, der überzeugteste Anhänger des vorgezogenen Feierabends von allen. Während er die Kisten aus unserem Van lud, kam Reg auf den kürzlich eingetretenen Mangel an Unterschriften zu sprechen.

»Was ist nur aus unseren kostbaren vorgezogenen Feierabenden geworden?« fragte er. »Sie sind spurlos verschwunden.«

»Ja«, stimmte ich ihm zu. »Sie scheinen ganz aus der Mode gekommen zu sein.«

»Na ja, ich hoffe nur, sie kommen mal wieder in Mode«, sagte er grinsend. »Das war die einzige Sache, die mich bei der Stange gehalten hat.«

Mit Reg zu reden war ziemlich erfrischend, weil er so gar nichts von dem Jammer und der Schwermut an sich hatte, auf die ich zuletzt überall gestoßen war. Vielmehr schien er zu akzeptieren, daß die härteren Saiten, die jetzt aufgezogen worden waren, eine unvermeidliche Realität darstellten, die man nur resigniert und schulterzuckend zur Kenntnis nehmen konnte. Als ich ihn fragte, was er von den Pauschaltagverfechtern halte, sagte er mir, sie seien eher ein schlechter Witz als eine wirkliche Bedrohung. Natürlich, sagte er, seien sie eingebildet und scheinheilig, aber gleichzeitig komplett harmlos. Er war sich sicher, daß die glorreichen Zeiten sehr bald wieder zurückkehren würden. Um vier Uhr setzten George und ich unsere Fahrt fort. Noch immer klangen uns Regs positive Worte in den Ohren. Das hörte allerdings auf, sobald wir unter der Eisenbahnbrücke an der Fiveway-Kreuzung hindurchfuhren.

»Schau dir das mal an«, sagte George, während er nach oben starrte.

Einen Moment lang dachte ich, er hätte gerade erst die gigantische Acht entdeckt, die mir schon in der Woche zuvor aufgefallen war. Als ich jedoch ebenfalls nach oben schaute, sah ich, daß sie vollständig übermalt worden war. An ihrer Stelle prangte jetzt der riesige Buchstabe g mit einem langen Unterschwung.

»Wo haben wir das denn schon mal gesehen?«

»Das ist Goslings Unterschrift«, sagte ich. »Die Vorgezogener-Feierabend-Leute haben sie offenbar für ihre Kampagne übernommen.«

»Das meinen die nicht ernst.«

»O doch, das glaube ich schon. Ziemlich ernst sogar.«

Offenbar wurde Reg Pippetts gemäßigte Einstellung von einigen seiner Verbündeten nicht geteilt. Ich mußte aber zugeben, daß derjenige, der dort hochgeklettert war, ganze Arbeit geleistet hatte – wer auch immer es gewesen sein mochte. Das stilisierte g war eine genaue Kopie der Unterschrift, die wir alle so gut kannten. Außerdem war es weitaus prunkvoller als die nichtssagende Acht der Pauschaltagverfechter, die im Vergleich dazu eher puritanisch wirkte. Nachdem wir das neue Erkennungszeichen erst einmal entdeckt hatten, sahen wir es natürlich überall wieder, am häufigsten auf den Längsseiten von Uni-

Vans. Am Ende unserer Schicht hatten wir mehr als ein halbes Dutzend gezählt, alle mit der gleichen allgegenwärtigen gelben Kreide gemalt.

Im Verlauf der folgenden Tage wurden die rivalisierenden Erkennungszeichen zu einem derart vertrauten Anblick, daß unser eigenes Fahrzeug langsam schon allein deswegen auffiel, weil es mit keinem der beiden geschmückt war. Wir waren aber noch nicht ganz isoliert. Noch immer gab es ein paar andere nicht gekennzeichnete Vans, doch jedesmal, wenn wir die Ringstraße entlangrollten, wurde mir bewußt, daß wir Teil einer schrumpfenden Minderheit waren. Ich vermute auch, das war der Grund, weswegen uns John Jones eines Morgens durchdringend anschaute, als wir an seinem Torhaus vorbei nach Merry Park hineinfuhren. Ich winkte ihm freundlich zu, was aber nicht erwidert wurde, und bog dann in den Hof ein. Eine Minute später parkten wir an der Rampe und warteten darauf, daß jemand zum Entladen kam. Wir hatten uns auf die übliche Verzögerung eingestellt, aber zu unserer Überraschung kreuzte Billy Barker fast augenblicklich auf, voll ausgerüstet mit einem Gabelstapler. Nachdem er die Tagesladung blitzschnell (für seine Verhältnisse) herausgeholt hatte, teilte er uns ein paar »wichtige Neuigkeiten« mit.

»Morgen um die Mittagszeit veranstalten wir eine Massenversammlung«, verkündete er. »Angesichts der gegenwärtigen Schwierigkeiten.«

»Sind wir auch eingeladen?« erkundigte sich George.

»Auf jeden Fall«, sagte Bill. »Es dürften ziemlich viele kommen. Wir haben Les Prentice gebeten, eine Rede zu halten.«

Den Namen »Les Prentice« sprach er so aus, als müßte ich ihn kennen. Das war aber nicht der Fall. Da Billy zweifellos ein Anhänger des vorgezogenen Feierabends war, vermutete ich, daß der Redner auch dieser Bruderschaft angehörte.

»Okay, wir sind dabei«, versprach ich.

»Wie schön«, sagte er. »Wir können ein paar treue Anhänger im Publikum gebrauchen.«

»Da kommt Dawson«, sagte George und schaute Richtung Büro.

»Stimmt«, sagte Billy. »Also, bis morgen.«

Schnell machte er auf dem Absatz kehrt und ließ uns stehen. Dann kam Dawson zu uns, mit einem ganz anderen Anliegen im Kopf.

»Wie gut, euch zu erwischen«, sagte er. »Ihr habt doch letzte Woche einen Palettentransportwagen hergebracht, oder?«

»Na ja, nicht ich persönlich«, antwortete ich. »Jemand anderes hatte meine Schicht übernommen.«

»Das ist mir egal. Könnt ihr ihn wieder mitnehmen?«

»Aber ich dachte, ihr wolltet unbedingt einen Transportwagen haben, den man mit der Hand bedienen kann?«

»Ja, das wollten wir auch.«

»Also, was stimmt denn dann nicht mit ihm?«

»Nichts.« Dawson seufzte. »Wir wollten ihn doch nur, weil man uns gesagt hatte, Scapens würde zur Inspektion der Anlage kommen. Du weißt, wer das ist?«

»Allerdings«, sagte ich. »Senior und Goldenes Dienstabzeichen, oder?«

»Genau. Steht ganz oben an der Spitze. Ein besonders harter Knochen.«

»Was, schlimmer als Nesbitt?«

»Aber ja, viel schlimmer. Als wir merkten, daß wir keinen Transportwagen hatten, brach hier totale Panik aus. An alle Depots erging ein großer Aufruf, uns einen zur Verfügung zu stellen, aber das wurde dann nicht richtig koordiniert.«

»Was passierte dann?«

»Wir haben zu viele bekommen, weißt du das nicht? Als Scapens seine Inspektion durchführte, fand er insgesamt drei Handwagen hier auf dem Gelände. Er hat dann einen Bericht abgegeben, in dem stand, daß die Geräte nicht gleichmäßig verteilt wären, und das Ergebnis ist, daß du ihn wieder mitnehmen mußt.«

»Wohin denn?«

»Das ist mir egal«, sagte Dawson. »Solange er nur hier wegkommt.«

Er beendete das Gespräch, marschierte hinüber in eine Ecke und kam zurück, einen Palettentransportwagen vor sich herschiebend. Es war derjenige mit dem verbogenen Griff. Wir wuchteten ihn auf die Ladefläche des Vans und machten ihn an den Schotten fest. Dann gab Dawson mir den Lieferschein zurück, den ich drei Wochen zuvor unterschrieben hatte, und verließ uns.

»Das ist wie beim Ancient Mariner«, bemerkte George, als wir uns startklar machten. »Auf immer und ewig sind wir dazu verdammt, diesen Wagen herumzukutschieren.«

Während all das passierte, herrschte in Merry Park ein geschäftiges Kommen und Gehen von UniVans. Der Ausbruch von Geschäftigkeit am späten Vormittag hatte John Jones veranlaßt, an die Tür seines Torhauses zu treten, wo er jetzt bewegungslos oberhalb der Treppe verharrte und den Hof unter ihm überwachte. Das war sein Lieblingsplatz, wenn das Wetter es zuließ. Wie immer ruhten seine Hände auf dem Sicherheitsgeländer, und er schien nichts Bestimmtes im Auge zu haben. Als wir jedoch auf das Torhaus zufuhren, sah ich ihn eine Geste mit dem Finger machen, wenn auch ganz unauffällig. Dann steckte er die Hände in die Taschen und ging wieder zurück nach drinnen.

»Warte mal«, sagte ich. »John will mich wegen irgend etwas sprechen.«

Ich hielt an, stieg aus und kletterte die Stufen hinauf. John saß jetzt auf der Kante seines Tisches und starrte auf den Linoleumbelag des Fußbodens.

»Ich muß was Vertrauliches mit dir besprechen«, sagte er. »Machst du bitte mal die Tür zu?«

10

John Jones' Welt hier oben, hoch über dem Hof, war einsam, aber das hatte auch seine Vorteile. Alles, was er während seiner Tagwache benötigte, hatte er in Reichweite: Wasserkessel, Toaster und Teekanne sowie eine große Auswahl an Zeitungen. Das Torhaus schwebte in luftiger Höhe, wie ein Stellwerk über Eisenbahngleisen. Vom Fenster aus hatte er einen bemerkenswert weiten Blick, nicht nur über das Depot, sondern ebenso über den baumbestandenen Park auf der einen und den Sportplatz auf der anderen Seite. In den Sommermonaten war das Sonnenlicht hier so stark, daß es ein leichtes für John gewesen wäre, Tomaten oder gar Orchideen zu züchten, wenn er das gewollt hätte. Aus Gründen, die nur er kannte, tat er das jedoch nicht. Er führte ein friedliches Leben, wurde nicht von gelegentlichen Besuchern gestört und mußte sich, soweit ich wußte, niemandem gegenüber verantworten. Die Aufgabe eines Torwärters bestand darin, aufzupassen, daß außer UniVans keine anderen Fahrzeuge auf das Gelände oder von ihm wegfuhren, und das gestattete ihm einen gewissen Grad an Autonomie. Dennoch war John trotz seiner scheinbaren Entrücktheit der erste, der die Neuigkeiten oder Gerüchte kannte, die innerhalb des PLANS zirkulierten. Das lag zum Teil an einer internen Telefonanlage, die ihn direkt mit allen anderen Torhäusern im System verband. Oft konnte man John mit dem Hörer am Ohr am Fenster stehen und sich die neuesten Informationen verschaffen sehen. Worüber sonst noch geklatscht wurde, erfuhr er außerdem von den ausgesuchten Gästen, die er in seinen Herrschaftsbereich einlud. Das Zeichen für eine derartige Einladung war der unauffällig erhobene Zeigefinger, den ich kurz zuvor wahrgenommen hatte. Dem folgte normalerweise ein kurzes Gespräch, in dessen Verlauf John eine Menge erfahren und wenig preisgeben würde. Als ich die Stufen hinaufkletterte, war ich darauf eingestellt, daß unser Treffen diese Form annehmen würde. Um so überraschter war ich, jetzt den Hauptgrund meines Besuches zu entdecken: *Er* wollte *mir* etwas sagen.

»Es geht um unseren Freund Mr. Gosling«, kündigte er an.

»Ach ja?«

»Ich habe von irgendwoher läuten hören, daß deine Stechkarte neulich der Auslöser für seinen Sturz gewesen sein soll.«

»Na ja, stimmt schon«, sagte ich. »Aber das war nicht meine Schuld. Nesbitt hat sich die Karte genommen und dann alle diese Unterschriften darauf gesehen.«

»So hat man es mir erzählt.«

»Ist das denn ein Problem?«

»Nicht, wenn wir vorsichtig sind.«

John trat einen Schritt auf das Fenster zu und schaute hinaus. Tief unten im Hof standen Gruppen von Männern um ihre Vans herum und diskutierten die Ereignisse des Tages.

»Unser Freund Mr. Gosling«, fuhr er fort, »scheint die Gemüter der Leute ganz schön in Wallung gebracht zu haben, in die eine oder andere Richtung. Ich nehme an, du weißt, was geredet wird. Einige Gruppen sehen ihn als großzügigen Wohltäter an, andere als Agenten der Trägheit. Ich habe das Gefühl, die ganze Sache wird ziemlich bald hochkochen. Und wenn dann diese Stechkarte auftaucht, könnten die Leute den falschen Schluß daraus ziehen.«

»Ach du meine Güte«, murmelte ich. »Daran habe ich noch gar nicht gedacht.«

»Na ja, das solltest du aber«, sagte John und wandte mir endlich das Gesicht zu. »Du könntest zwischen die Fronten geraten.«

»Ja.«

Er senkte die Stimme. »Zum Glück scheint die fragliche Karte verlorengegangen zu sein. Es gibt also keinen schriftlichen Beweis.«

»Da bin ich aber froh.«

»Es wäre vielleicht sinnvoll für dich, mal hinter dem Feuerwehrschlauch in Long Reach nachzusehen, wenn du verstehst, was ich meine.«

»Oh, in Ordnung«, sagte ich. »Danke, John. Da schulde ich dir wohl einen Gefallen.«

»War mir ein Vergnügen«, erwiderte er. »Vielleicht könntest du unseren Freund George irgendwann mal dazu bringen, hier einen seiner Kuchen vorbeizubringen.«

»Aber sicher. Äh … hast du eine Ahnung, was aus Gosling wird?«

Ich hatte die Frage kaum ausgesprochen, da wußte ich schon, daß ich sie besser nicht gestellt hätte. John stieß einen langen Seufzer aus und schüttelte den Kopf.

»Frag mich doch nicht solche Sachen«, sagte er. »So viel kann ich von hier aus auch nicht ausrichten.«

Im nächsten Augenblick wurde ich schon zur Tür geleitet. Ich dankte ihm nochmals für seinen Ratschlag, und er sagte mir, daß das nicht der Rede wert sei. Während sich John dann wieder auf seinem Drehstuhl niederließ, kletterte ich die Stufen zu George hinunter.

»Was wollte er denn?« erkundigte er sich, als ich in den Van einstieg.

»Frag lieber nicht«, sagte ich. »Bring ihm einfach irgendwann mal einen Kuchen vorbei, ja?«

»Okay.«

Glücklicherweise war George nicht neugierig und stellte darum keine weiteren Fragen. Was die Kuchen betraf, war seine Hauptsorge, wie er seine Termine für den nächsten Tag um die Massenversammlung in Merry Park herumlegen sollte. Sein Leben glich einem einzigen unendlichen logistischen Puzzle, in das er sich tagtäglich neu einpassen mußte. Während wir jetzt unsere Fahrt fortsetzten, saß er mit Notizblock und Stift auf dem Beifahrersitz und suchte nach der besten Lösung.

»Ich glaube, in den nächsten beiden Tagen oder so müssen wir Sandro auslassen«, erklärte er schließlich. »Wir müssen die

Ladung verteilen, damit sich nicht wieder Rückstände ansammeln. Wenn wir nachher in Blackwell sind, rede ich mit Osgood und finde heraus, ob er mir ein paar Schachteln über Nacht aufbewahren kann. Ach, dabei fällt mir ein: Ich muß mich bei Pete Giggs melden, wo seine nächsten Touren langgehen ...«

Und so ging das immer weiter. George war erst seit zwei Jahren beim PLAN dabei, aber in dieser kurzen Zeit hatte er ein eigenes System innerhalb des großen Systems aufgebaut, mit einer eigenen Infrastruktur, deren einziger Zweck darin bestand, den Vertrieb von Kuchen zu organisieren. Oft fragte ich mich, warum er kein Geschäftsmann geworden war, anstatt hier einfach nur den ganzen Tag mit mir herumzukurven.

Als wir an diesem Spätnachmittag nach Long Reach zurückkamen, erkundigte ich mich bei Horsefall, was ich mit dem Palettentransportwagen machen sollte, den wir zuvor eingeladen hatten.

»Frag mich doch nicht«, sagte er, als würde er mir damit helfen.

»Kann ich ihn hier stehenlassen?«

»Nein, das kannst du nicht. Wir haben schon einen. Woher kommt er denn ursprünglich?«

»Aus Cotton Town.«

»Dann bringe ihn doch da wieder hin.«

»Aber wir fahren da die ganzen nächsten Wochen nicht hin«, sagte ich. »Wir haben doch gerade erst mit einer neuen Runde angefangen.«

»Na ja, dann laß ihn doch erst einmal in eurem Van«, schlug er vor. »Dort ist er doch nicht im Weg, oder?«

»Nein, ich denke nicht.«

»Siehst du. Problem gelöst.«

Mit selbstzufriedenem Gesichtsausdruck schlenderte Horsefall hinüber in sein Büro und begann mit seinen Vorbereitungen für den Feierabend. Während der paar Minuten, die ich mit ihm gesprochen hatte, hatte der Großteil der restlichen Belegschaft ausgecheckt. George war auch schon gegangen. Fast niemand war mehr da. Ich wartete noch ein bißchen länger auf der Laderampe. Als ich dann ganz alleine war, lief ich zum Feuerwehrschlauch und sah dahinter nach. Zwischen seinem Gehäuse und der Mauer steckte eine Stechkarte. Ich zog sie hervor, ließ meine Augen über die unendlich vielen Unterschriften schweifen und zerriß sie dann in winzige Stücke.

Eine Massenversammlung hatte noch niemand im PLAN je erlebt, einfach, weil es dafür nie Bedarf gegeben hatte. Nicht ein einziges Mal in seiner Geschichte hatte es irgendeinen Grund zur Unzufriedenheit gegeben: Wir wurden gut bezahlt. Wir waren von wirtschaftlichen Schwankungen unabhängig. Und die Arbeit selbst war ein Kinderspiel. Wir mußten nur einen Van zwischen A, B und C hin- und herfahren, und unser fester Arbeitsplatz war garantiert. Sei fast drei Jahrzehnten war das jetzt schon so gewesen, ohne daß es je eine einzige Beschwerde gegeben hätte. Jetzt hingegen war Unmut laut geworden. Ich war auf den Ausgang der Sache gespannt.

Als wir uns am nächsten Tag Merry Park näherten, fiel uns als erstes die riesige Menge an UniVans auf, die entlang der Zufahrtsstraße parkten. Stoßstange an Stoßstange standen sie am Bordstein aufgereiht, bis an das Tor heran. Auf den meisten prangte der Buchstabe g. Viele andere verstopften den Hof, allerdings war die Laderampe freigelassen worden, vermutlich, um für die Fahrzeuge, die ihren Zeitplan einhielten, einen normalen Betrieb aufrechtzuerhalten. Ich setzte den Wagen zurück und stellte den Motor ab. Um uns herum wuselte eine unvorstellbare Menge von Leuten. Eine Zeitlang warteten wir darauf, daß irgend jemand sich erbot, abzuladen, aber je mehr Zeit verstrich, um so unwahrscheinlicher wurde es. Darum gaben wir schließlich auf und stürzten uns ins Gewühl. Alle bewegten sich offenbar auf eine Stelle an der gegenüberliegenden Seite des Hofes zu. Dort konnte ich Billy Barker erkennen. Er stand auf einer Art Bühne, zusammen mit einem anderen Mann, den ich noch nie gesehen hatte. Tatsächlich kannte ich nur ungefähr ein Drittel der Anwesenden vom Sehen, alles Arbeiter aus den Depots, die wir regelmäßig anfuhren. Der Rest, vermutete ich, stammte aus abgelegeneren Ecken der Region. Ich mußte mir eingestehen, daß die hohe Beteiligung äußerst beeindruckend war.

»Sind das alles Anhänger des vorgezogenen Feierabends?« fragte George, als wir uns einen Weg durch die Menge bahnten.

»Davon gehe ich aus«, antwortete ich. »Hey, die fangen an.«

Jetzt konnten wir sehen, daß Billys Bühne eigentlich nur aus einer großen leeren Kiste bestand. Er redete mit seinem Kumpan, nickte zustimmend mit dem Kopf und griff dann nach einem Megaphon, das man ihm gereicht hatte. Allgemeine Aufregung breitete sich aus, gefolgt von höflicher Stille.

»Also dann«, fing er mit lauter, aber verzerrter Stimme an. »Danke, daß ihr heute hierhergekommen seid. Ich glaube, ihr wißt alle, wie wichtig die Angelegenheit ist und warum es nötig ist, daß wir unsere Meinung äußern.«

Seine Worte lösten unter den Zuschauern zustimmendes Gemurmel aus, was wiederum Billy sicherer werden ließ, so daß er es nicht länger nötig fand, in das Megaphon zu brüllen. Als er wieder anfing, klang seine Stimme weniger verzerrt.

»Wir haben beschlossen, zu Beginn der Kampagne eine Generalversammlung abzuhalten und jemanden einzuladen, der unsere Anliegen am besten zum Ausdruck bringen kann, der es vermag, sie – sozusagen – ins richtige Licht zu rücken. Ich bin sicher, ihr werdet mir zustimmen, daß Les Prentice mit Abstand die beste Wahl ist. Les wird uns an einigen seiner Gedanken teilhaben lassen und uns hoffentlich den rechten Weg weisen. Er hat extra die Reise aus Royal Pond auf sich genommen und muß dort noch heute nachmittag pünktlich zurück sein. Um also keine weiteren Worte zu verlieren: Begrüßen wir gemeinsam Les Prentice! Applaus, bitte! Les.«

Jubel brach aus, als Billy das Megaphon an seinen Begleiter weitergab, bevor er von der Bühne heruntersprang. Ich blickte mich kurz um und stellte fest, daß die Versammlung in den letzten paar Minuten ziemlich gewachsen war. In einem fort kamen neue Leute dazu. Ich bemerkte auch, daß John Jones die Vorgänge aus der Abgeschiedenheit seines Torhauses heraus beobachtete. Von irgendwelchen Oberaufsehern oder anderen höheren Angestellten des PLANS war jedoch weit und breit keine Spur zu sehen. Offensichtlich hatten sie beschlossen, sich bedeckt zu halten.

Alle Aufmerksamkeit richtete sich jetzt auf Les Prentice, der sehr entspannt aussah. Soweit ich das sehen konnte, hatte er sich keine Notizen gemacht, aber schnell wurde klar, daß er gewohnt war, vor Publikum zu sprechen.

»Acht Stunden«, sagte er über unsere Köpfe hinweg. »Das klingt nach nicht viel, oder?« Mit fragendem Gesichtsausdruck hielt er inne, als müßte er über diesen Gedanken nachdenken. Dann fuhr er fort: »O nein, acht Stunden sind fast gar nichts. Es sei denn, man bedenkt nicht, daß es sich dabei um ein Drittel des Tages handelt. Ja, meine Freunde, ein Drittel eures Lebens verbringt ihr hinter dem Steuer eines UniVans oder auf dem Sitz eines Gabelstaplers!«

Ein Aufstöhnen lief durch die Menge, während der Sinn seiner Worte den meisten langsam aufging. Auf einmal wurde mir klar, daß Les seine Zuhörerschaft vollkommen in seinen Bann geschlagen hatte.

»Denkt einmal darüber nach«, fuhr er fort. »Man erwartet von uns, daß wir uns um sieben aus unseren Betten quälen, um pünktlich bei der Arbeit zu sein. Das bedeutet, daß wir während der Wintermonate im Dunkeln aufstehen müssen. Und wenn wir nach Hause kommen, ist es fast schon wieder dunkel! Vom Morgengrauen bis zur Dämmerung: eine einzige Plackerei! Welcher andere Industriezweig würde das seiner treuen Arbeiterschaft abverlangen? Welcher andere Industriezweig verfügt über Männer, die immer im Kreis herumfahren, wie in einer Tretmühle, acht Stunden hintereinander? Nur in unserem glorreichen PLAN ist so etwas möglich! Nur in unserem glorreichen, glorreichen PLAN!«

Erneut legte Les eine Pause ein.

»Nicht, daß wir je Grund gehabt hätten, uns zu beklagen, natürlich nicht. Wir wissen so gut wie jeder andere auch, daß man für einen vernünftigen Tageslohn eine vernünftige Tagesleistung abliefern muß. Aber das ist der wunde Punkt, nicht wahr? Vernünftig. Wir sind vernünftige Männer. Die meisten von uns erscheinen jeden Tag zur Arbeit, Woche für Woche, und leisten ohne Einwände acht Stunden ab. Und alles, was wir dafür verlangen, ist, auch einmal ein Körnchen Gold in der Spreu zu finden und hin und wieder einen Luxus-Tag zu genießen. Laßt euch das gesagt sein, meine Freunde: Wir fordern kein bequemes Leben, wir sind nicht einmal gegen das Prinzip des Pauschaltags. Wir verlangen nur Gerechtigkeit. Eine Unterschrift unten auf der Stechkarte kann aus einer erbarmungslosen Schufterei einen netten Spaziergang werden lassen. Aber genau das ist in letzter Zeit eine wahre Rarität geworden! Niemand kann bestreiten, daß während der letzten paar Wochen die Genehmigung von vorgezogenen Feierabenden stark abgenommen hat. Was wir hier sehen, ist die allmähliche Abschaffung unserer althergebrachten Gewohnheiten und Bräuche. Und wenn wir eine derartige Entwicklung einfach weiter hinnehmen, wie lange wird es dann wohl dauern, bis das Ungeheuer der zwangsweisen Überstunden seinen Kopf erhebt?!«

Das zustimmende Gebrüll, das sich erhob, als Les dies sagte, ließ mich für einen Moment denken, er könnte von der Menge fortgerissen werden. Statt dessen hob er jedoch beschwichtigend die Hand und sprach weiter.

»Das Eis, auf dem wir uns bewegen, ist dünner, als wir meinen. Wir sollten unsere Bedenken kundtun, bevor es zu spät ist. Und dafür bieten sich uns viele Optionen. Wir könnten beispielsweise in Betracht ziehen, zur Strategie des Langsamfahrens zu greifen.«

»Na ja, niemand kann langsamer fahren als du, Les!«

Dieser gutgelaunte Zwischenruf, der von jemandem auf der rechten Seite kam, brachte die Menge zum Lachen. Auch Les selbst mußte grinsen. Als er jedoch weitersprechen wollte, wurde er erneut unterbrochen.

»Mr. Gosling hat euch wohl im Stich gelassen, als ihr ihn am nötigsten brauchtet?!«

Derart gehässiger Spott konnte nur von einem Verfechter des Pauschaltags kommen. Ich suchte meine Umgebung ab, um festzustellen, wer das gewesen war. Die Bemerkung hatte natürlich ein paar Leuten aus der Menge einen Schock versetzt, die nun lautstark protestierten. Aber dann fing jemand anders an zu rufen: »Wir wollen acht!«, immer und immer wieder. Schnell wurde diese Parole von einigen anderen Leuten aufgegriffen, die in den Sprechchor einfielen. Mir wurde klar, daß die Versammlung unterwandert worden war. Die Sprechchöre wurden immer lauter. Die Anhänger des vorgezogenen Feierabends versuchten unterdessen aus Leibeskräften, sie mit Buhrufen und Pfeifen zu übertönen.

»Ihr könnt soviel brüllen, wie ihr wollt!« rief hinter mir jemand mit einer hohen, schrillen Stimme. »Aber bald schon werdet ihr heiser sein!«

Ich drehte mich um und erblickte Martin aus Eden Lacy.

»Hallo, Martin!« sagte ich und versuchte, mich über den Tumult hinweg verständlich zu machen. »Was machst du denn hier?«

»Na ja, ich dachte, ich sollte mal lieber kommen und herausfinden, um was es eigentlich geht.«

Sofort stellte ich ihn George vor, dem die Entwicklung der Dinge keine Sorgen zu bereiten schien. Martin erzählte uns dann, daß die Verfechter des Pauschaltags schon ein paar andere Versammlungen gesprengt hatten, auf denen er gewesen war.

»Die Extremisten sind die schlimmsten«, sagte er. »Sie haben ihrem Acht-minus-zehn abgeschworen und finden jetzt, jeder sollte das genauso machen. Wie es aussieht, hat das in Riverhead schon zu chaotischen Zuständen geführt.«

»Ach du meine Güte«, bemerkte ich. »Du bist ja wirklich auf dem laufenden.«

»Das muß man dieser Tage doch auch sein, so wie die Dinge nun mal liegen.«

»Aber welcher Seiten gelten denn nun deine Sympathien?«

»Keiner«, sagte Martin. »Ich bin ein strikt neutraler Beobachter.«

Unser Gespräch stockte, weil in diesem Moment ein UniVan in den Hof gefahren kam und sich langsam und hartnäckig vom Rand her durch die Menge vorschob. Über ihm flatterte eine riesige Fahne mit einer von einem Viereck umrahmten Acht. Der Fahrer drückte unentwegt auf die Hupe, um die Leute aus dem Weg zu scheuchen. Dann bestand er darauf, an die Rampe zurückzusetzen, wo sein Gehilfe ausstieg, die Rolltür nach oben schob und darauf wartete, daß jemand zum Ausladen kam. Ich schaute auf die Uhr. Es war jetzt halb zwei. Wie auf Kommando kamen zwei Oberaufseher aus der Richtung der Büros näher. Kurz darauf löste sich die Versammlung auf, und die Anhänger des vorgezogenen Feierabends gingen langsam wieder an die Arbeit. Wir hörten, wie sie sich über die empörende Dreistigkeit der Pauschaltagverfechter beklagten. Das knappe Dutzend Eindringlinge hatte sich in dem Getümmel, das auf die Ankunft des einzelkämpferischen UniVans gefolgt war, aus dem Staub gemacht. Jetzt standen Billy Barker, Les Prentice und ihre Verbündeten zusammen und hielten Kriegsrat. Ob die Versammlung als Erfolg oder als Mißerfolg eingestuft werden sollte, war schwierig zu sagen. Les war wirklich ein begnadeter Redner, und es war ihm gelungen, die wichtigsten Punkte deutlich zu machen. Aber abgesehen davon war das Ergebnis offen.

Als George und ich zu unserem Fahrzeug zurückschlenderten, schien es nur noch eine einzige Gewißheit zu geben: Der PLAN zur Vollbeschäftigung stand vor einer Spaltung.

11

Am Freitag morgen fand ich einen Zettel an der Windschutzscheibe des UV 55. Er stammte von George, der mich bat, alle noch vorhandenen Kuchen aus der Werkstatt zu holen und ihn dann vor dem Tor des Depots einzusammeln. Manche Dinge änderten sich eben nie. Ich ließ Chris Peachment den Van beladen und ging hinüber, um mit Rob Marshall zu reden.

»Ich bin froh, wenn das mal ein Ende nimmt«, sagte er und führte mich hinein. »Seit Wochen können wir die Werkbank nicht benutzen.«

Auf der Werkbank, die er meinte, stapelten sich ungefähr fünfzehn Kuchenschachteln. Als er anfing, sie wegzuräumen, fanden wir verschiedene Papiere darunter. Dabei handelte es sich um unbenutzte Arbeitsblätter, Schadensberichte und Bestellscheine für Fahrzeugersatzteile. Außerdem eine interne Mitteilung, auf der mit roten Buchstaben stand:

HINWEIS FÜR DIE MECHANIKER IN LONG REACH
BITTE BEACHTEN SIE, DASS DER DIESJÄHRIGE
GEWICHTSTEST AM 1. JUNI UM 11 UHR AN DER
ÖFFENTLICHEN BRÜCKENWAAGE VON LONG REACH
STATTFINDEN WIRD. BITTE HALTEN SIE FÜR DIESEN
TAG EIN FAHRZEUG ZUR VERFÜGUNG.
GEZ. C.D. SCAPENS, OBERAUFSEHER

Rob warf einen Blick auf den Zettel.

»Ach so«, sagte er. »Ich hatte mich schon gewundert, wo der wohl verschwunden war.«

»Was ist ein Gewichtstest?« fragte ich.

»Also, ich hätte ja gedacht, daß du das besser als alle anderen wüßtest«, erwiderte er. »Du bist doch so ein kleiner Fan.«

»Wovon redest du da? Ich bin kein Fan. Nie gewesen. Die sind doch alle bekloppt.«

»Schon gut, aber du kannst nicht abstreiten, daß du dich für UniVans interessierst.«

»Nur aus beruflichen Gründen«, stellte ich klar. »Aber was ist denn nun ein Gewichtstest?«

»Das hängt alles noch mit der Anfangszeit des PLANS zusammen«, erklärte Rob. »Sie hatten damals schon zweitausend UniVans gebaut, als sie feststellten, daß das Leergewicht nicht zu den Achsen paßte, die sie verwendet hatten.«

»Oje, oje. Ich wette, Sir Ronald Thompson fand das gar nicht komisch.«

»Das kann ich dir sagen. Ehrlich gesagt glaube ich, daß ihn das umgebracht hat. Du weißt schon, diese ganzen Sorgen.«

»Also haben sie noch einmal ganz von vorne angefangen?«

»O nein, das ging nicht mehr. Dafür stand viel zuviel auf dem Spiel. Vergiß nicht, der PLAN war allen als Allheilmittel verkauft worden. Von seinem Erfolg hing alles ab. Man brauchte eine schnelle Lösung. Sie verfielen also auf die provisorische Maßnahme, die Achsen weiter zu benutzen, solange sie nicht brachen. Das war vor ungefähr dreißig Jahren, und bisher hat das auch alles gut geklappt. Aber die andere Seite des Kompromisses war, daß sie einmal im Jahr ein Fahrzeug nach dem Zufallsprinzip auswählen und wiegen lassen müssen.«

»Aber ich dachte, sie wiegen alle dasselbe?«

»Tun sie auch«, sagte Rob. »Das ist eigentlich nur eine Formsache: Eine Art Ritual, um zu zeigen, daß sie alles im Griff haben.«

»Und in diesem Jahr kommt Long Reach die Ehre zu?«

»Genau«, sagte er. »Verdammt nervig. Das bedeutet, daß wir einen UniVan zurückhalten müssen, damit er gewogen werden kann.«

Das stand aber natürlich erst in ein paar Wochen an. In der unmittelbaren Zukunft mußte ich jedoch fünfzehn Kuchen zu unserem Wagen schaffen, ohne daß jemand etwas merkte. Während Rob aufpaßte, ob die Luft rein war, lief ich dreimal hin und her, die Arme voller Kuchenschachteln, die ich dann in der Kabine verstaute. Ich fluchte leise auf George und ging dann zurück auf die Laderampe.

Ich wußte, daß Chris mit dem Einladen der Güter fertig war, denn ich sah ihn am anderen Ende des Depots. Er war mit einem anderen Fahrzeug zugange. Die Rolltür hatte er jedoch offengelassen, und als ich hineinspähte, sah ich zu meiner Überraschung Joyce dort stehen. Sie schaute angestrengt auf eine der Kisten und schien voll und ganz damit beschäftigt, als sei der Inhalt sehr bedeutsam. Worüber sie wohl nachdachte? fragte ich mich. In der Dunkelheit des Wageninneren kam sie mir verändert vor. Das schwache Halbdunkel machte ihre Gesichtszüge sehr viel weicher, was sie wiederum viel zugänglicher, fast verwundbar erscheinen ließ. Mit einem gewissen zärtlichen Gefühl brach ich das Schweigen und sagte:

»Haben Sie etwas verloren?«

Joyce schaute mich kurz an und wendete dann ihren Blick wieder der Kiste zu. »Nein«, erwiderte sie. »Ich habe nur kurz nachgeschaut, was heute nach Merry Park geliefert wird. Den Etiketten nach nehmen Sie heute vierhundert Scheibenwischer sowie sechzig Rücklichter mit.«

»Das hört sich gut an«, sagte ich. »Eine gewichtige Ladung unverzichtbarer Güter, die von Depot zu Depot geschippert werden.«

»Lächerlich, oder?« sagte Joyce und wandte mir ihr Gesicht zu. »Dieser PLAN ist eine einzige Heuchelei.«

Ungläubig starrte ich sie an. »Aber er ist doch der Dreh- und Angelpunkt unseres Wirtschaftssystems!«

»Unsinn!« fuhr sie mich an. »Er ist nichts anderes als ein Kasperletheater! Ein Relikt aus grauer Vorzeit, als die Leute es noch nicht besser wußten, zusammenphantasiert von Gutmenschen in ihren Elfenbeintürmen! Er ist ineffizient, teuer und unrentabel. Man müßte ihn mal gründlich auf Zack bringen! Diese Vans müßte man so einsetzen, daß sich ihr Unterhalt lohnt, anstatt sie immer im Kreis herum fahren zu lassen, voller überflüssiger Ersatzteile. Die Depots müßten wirtschaftlich richtig genutzt und die Belegschaft nach Leistung bezahlt werden. Sonst wird es diesem ganzen Laden genauso ergehen wie all den anderen gescheiterten Sozialexperimenten, wie dem öffentlichen Nahverkehr, dem Schulessen und den städtischen Orchestern!«

Als sie aufgehört hatte zu sprechen, schaute mich Joyce herausfordernd an, wie um mir klarzumachen, ich solle es bloß nicht wagen, ihr zu widersprechen.

»Gibt es denn kein Schulessen mehr?« fragte ich.

Langsam schüttelte sie den Kopf. »Nicht, wenn es nach mir ginge.«

Ohne ein weiteres Wort stolzierte sie an mir vorbei und auf ihr Büro zu. Von dem Schlag, den sie mir versetzt hatte, mußte ich mich erst wieder erholen. Offenbar betrachtete sie den PLAN mit ganz anderen Augen als ich, aber gleichzeitig schien ihr sein Weiterbestehen sehr am Herzen zu liegen. Dies ließ den Schluß zu, daß ich mich auf weitere Gespräche über dieses Thema mit ihr einstellen konnte.

Da es mittlerweile Viertel nach acht geworden war, zog ich die Rolltür nach unten, sprang in den Van und fuhr los. An der ersten Biegung hinter dem Tor sah ich George. Er wartete neben einer niedrigen Mauer, auf der ein großes Holztablett voller Kuchen lag. Ich hielt an, und gemeinsam luden wir sie in die Fahrerkabine.

»Wie viele sind das insgesamt?« fragte ich.

»Sechsundzwanzig«, erwiderte er. »Alle für Sandro.«

»Warum sind das auf einmal so viele?«

»Nicht auf einmal. Es handelt sich nur um eine allmähliche Ausweitung des Geschäfts.«

»Aber was willst du machen, wenn dir der Platz in der Kabine ausgeht?«

»Na ja«, sagte George. »Dann muß ich mir wohl ein anderes Modell überlegen, oder?«

Die ganze Fahrt über nach Merry Park saß er sehr unbequem, eingequetscht zwischen den Stapeln von Kuchenschachteln.

»Vergiß nicht, wir haben John Jones auch einen Kuchen versprochen«, erinnerte ich ihn, als wir unter dem Torhaus hindurchfuhren.

»Nein, schon gut«, sagte er. »Aber nicht heute: Diese hier sind alle schon reserviert.«

Nach unserem Halt in Merry Park mußte er die ganze Strecke nach Blackwell weiter neben dem wackeligen Stapel sitzen, und dann noch einmal für zwei Meilen auf der Ringstraße. Erst als wir vor Sandros Backstube hielten, hatte die Quälerei ein Ende. Einen Moment lang verspürte ich die Versuchung, ihn alle alleine hineintragen zu lassen, aber schließlich gab ich nach und half ihm. Trotzdem mußten wir mehrere Male gehen, um die Schachteln in die Backstube zu bringen. Und dann mußte Sandro noch einen Platz für sie finden.

»Vielleicht sollte ich mich vergrößern«, bemerkte er. »Wegen dieses ganzen Extra-Geschäfts, das ich dir verdanke.«

Tatsächlich sah es so aus, als würde Sandro seine Vergrößerung bereits vorantreiben. Seit unserem letzten Besuch hatte er seine Belegschaft um einen neuen Gehilfen aufgestockt. Ein Mann in weißer Schürze und Mütze zog eifrig Brotlaib um Brotlaib aus dem Ofen. Er war diese Arbeit anscheinend noch nicht gewöhnt und schwitzte sehr, machte aber dennoch weiter. George und ich unterhielten uns unterdessen mit Sandro. Erst als der Mann seine Arbeit beendet und die Ofentür zugemacht hatte, drehte er sich um. Es war Gosling.

In dem Augenblick, als er uns sah, wurde ihm sichtlich schlecht, und wir mußten zu ihm rennen und ihm helfen, sich auf einen Stuhl zu setzen. Dann sorgten wir dafür, daß er seinen Kopf zwischen die Beine legte, während Sandro loslief, um ein Glas Wasser zu holen. Erst nach einer weiteren Minute hatte er sich soweit erholt, daß er wieder sprechen konnte.

»Tut mir leid«, sagte er. »Mir geht's schon wieder besser, danke.«

»Was machst du denn hier?« fragte ich. »Ich dachte, sie hätten dich bei voller Bezahlung beurlaubt?«

»Das war auch so«, antwortete er. »Aber nachdem Nesbitt seine Nachforschungen aufgenommen hatte, wurde meine Position ehrlich gesagt unhaltbar. Ich mußte dann mehr oder weniger gehen. Sandro hat netterweise angeboten, mich einzustellen, und ich habe sein Angebot angenommen.«

»Aber du bist doch gar kein ausgebildeter Bäcker«, sagte George. »Das macht dich fertig.«

»Er lernt jetzt erst einmal den Laden kennen, ein paar Tage lang«, versicherte uns Sandro. »Danach lasse ich ihn die Kuchen glasieren. Er ist so künstlerisch veranlagt.«

»Wirklich?«

»Aber ja doch. Sogar seine Unterschrift ist elegant.«

So unschuldig, wie Sandro diese Bemerkung anbrachte, hatte er keine Ahnung von dem Chaos, das Goslings Unterschrift während der letzten paar Wochen angerichtet hatte. Wahrscheinlich sah der PLAN für die meisten Leute von außen tatsächlich noch so aus wie immer: Horden von UniVan-Fahrern gingen ihrer normalen täglichen Arbeit nach. Von der Uneinigkeit und der Zwietracht, die ihn zu sprengen drohte, wußte die Öffentlichkeit nichts. Manche Passanten waren vielleicht ein bißchen neugierig geworden angesichts der Massenversammlungen, die zuletzt stattgefunden hatten, aber derartige Vorkommnisse dauerten für gewöhnlich nicht länger als eine Stunde und erregten in den meisten Fällen kaum Aufmerksamkeit. Das gleiche galt für die rivalisierenden Erkennungszeichen, die inzwischen auf so ziemlich jedem Fahrzeug prangten. In den Augen der einander unversöhnlich gegenüberstehenden Parteien symbolisierten sie äußerst wichtige Prinzipien. Für den zufälligen Beobachter waren sie jedoch vollkommen bedeutungslos.

Bei genauerer Betrachtung hätte man jedoch noch weitere Anzeichen eines inneren Konflikts wahrnehmen können. Viele Angestellte im PLAN hatten es sich seit kurzem zur Gewohnheit gemacht, einen Anstecker am Jackenaufschlag zu tragen, der auf den ersten Blick erkennen ließ, ob sie Pauschaltagverfechter oder aber Feierabendanhänger waren (das »vorgezogener« war aus dem Sprachgebrauch verschwunden). Aus letzterer Gruppe gingen einige mit ihrem Zugehörigkeitsbekenntnis noch weiter und liefen mit aus ihren Brusttaschen hervorschauenden Stechkarten durch die Gegend. Dies trug ihnen den Spott der Pauschaltagverfechter ein, die alle eher puritanisch eingestellt waren und sich nicht zu derartig geschmacklosen und demonstrativen Gesten hinreißen ließen. Sie bevorzugten ein unauffälligeres Verhalten, hielten sich auf ihren Touren strikt an die Vorgaben und stempelten ihre Karten am Ende eines Arbeitstages in feierlichem Schweigen ab.

Und natürlich sprachen die beiden Seiten nicht miteinander. Die Zeit der verständnisvollen Debatten und des gegenseitigen Einvernehmens war vorbei. Statt dessen herrschte jetzt eisiges Schweigen zwischen zwei Parteien, die jeweils fest von der Rechtmäßigkeit ihrer Position überzeugt waren. Das behinderte zunehmend den glatten Arbeitsablauf des PLANS. Immer wieder gab es Vorfälle, bei denen sich Lagerarbeiter, die den Pauschaltagverfechtern angehörten, weigerten, die Fracht von Fahrern auszuladen, die sie im Verdacht hatten, den Feierabendanhängern zuzuneigen. Solche Aktionen hatten jedesmal einen Domino-Effekt, der weitere Verspätungen im gesamten System nach sich zog. Wenn man jedoch mit jemandem sprach, der direkt in diese Streitigkeiten verwickelt war, konnte er immer mit einer Anzahl plausibler Gründe aufwarten, die sein Verhalten rechtfertigten. Beide Denkrichtungen schienen, wenn man sie für sich betrachtete, von einer vernünftigen und ausgewogenen Überzeugung auszugehen. Erst wenn man sie einander gegenüberstellte, kam ihre Unvereinbarkeit zum Vorschein.

Noch komplizierter wurde die Situation durch die Tatsache, daß die Pauschaltagverfechter untereinander hoffnungslos zerstritten waren. Es stimmte zwar, daß sie von einer höherstehenden moralischen Warte aus argumentieren konnten, da sie den Achtstundentag verteidigten, auf dem der PLAN aufbaute. Tatsächlich waren sie jedoch gespalten in diejenigen, die auf ihr Acht-minus-zehn verzichtet hatten, und diejenigen, die das nicht getan hatten. Insofern wies ihr Anliegen eine innere Schwäche auf. Das Acht-minus-zehn war ein Zugeständnis des Managements gewesen, das inzwischen auf eine lange Tradition zurückblicken konnte, aber jetzt hatte eine Minderheit von Extremisten es aus prinzipiellen Erwägungen geopfert. Die frustrierte Mehrheit bezichtigte sie darum, ihre »ureigenen Interessen zu verraten und zu verkaufen«. Diese größere Gruppe pflegte sich um die Waschanlage herum zu versammeln und sie während der entscheidenden Minuten am Ende des Tages in Beschlag zu nehmen. Die Extremisten arbeiteten unterdessen demonstrativ bis zum Läuten der Glocke weiter.

Auf der anderen Seite des Spektrums fanden sich die Feierabendanhänger, deren Standpunkt auf kaum mehr als auf einer vagen Vorstellung von »Fairneß« beruhte. Ihr Argument war, daß der Pauschaltag nie als strenge Vorgabe gemeint gewesen sei, sondern vielmehr als flexibel zu handhabende Richtschnur angesehen werden sollte. Die Menge der Arbeitsstunden sollte sich am täglichen Bedarf ausrichten. Man muß wohl nicht extra darauf hinweisen, daß dies eine romantische Vorstellung war: Genaugenommen war ihre Argumentation sehr wackelig.

Trotzdem kamen uns im Verlauf der nächsten paar Wochen ab und zu Berichte zu Ohren, wonach zunehmend wieder vorgezogene Feierabende genehmigt wurden. Für kurze Zeit blieben diese Gerüchte unbestätigt, aber dann kam Bryan Tovey eines Nachmittags eine gute Stunde vor uns anderen allen in den Hof gefahren. Ein Oberaufseher in Rudgeway hatte ihm seine Karte abgezeichnet. Danach wurden vorgezogene Feierabende wieder üblicher. Fast schien es, als würden sich die Dinge wieder einrenken. Vielleicht hatte Les Prentice' Drohung eines generellen Langsamfahrens die erwünschte Wirkung gehabt. Oder vielleicht hatte das Management auch nur beschlossen, daß die jüngsten Einschnitte zu mehr Problemen als nötig führten.

Was auch immer die Gründe sein mochten: Ich für meinen Teil war froh, daß die Feindseligkeiten vorbei waren und daß wir allmählich das Leben im PLAN wieder genießen konnten. Ich hatte es wirklich nicht gerne gesehen, daß meine Kollegen miteinander im Streit lagen, und hoffte beispielsweise, daß Bill und Richard Harper demnächst ihre Meinungsverschiedenheit beilegen würden. Das schien um so wahrscheinlicher, als ich sie eines Abends neben der Stechuhr stehen und ganz freundlich miteinander schwatzen sah. Am nächsten Morgen kam ich jedoch zur Arbeit und sah einen UniVan das Tor blockieren, so daß kein anderes Fahrzeug hinein- oder herausfahren konnte. Dann lief ich George über den Weg.

»Was ist denn jetzt los?« fragte ich.

»Sie haben einen Streik ausgerufen«, erwiderte er.

»Aber das können sie doch nicht machen!« sagte ich. »Sie kriegen doch jetzt wieder ihre vorgezogenen Feierabende. Was wollen sie denn sonst noch?«

»O nein«, sagte George. »Dieses Mal sind es nicht die Feierabendanhänger, sondern die Pauschaltagverfechter.«

Anscheinend waren sie sich einig geworden, daß Streik die einzige Möglichkeit war, die öffentliche Aufmerksamkeit zu erregen, um den Achtstundentag zu retten. Vergleichbare Aktionen waren überall im PLAN im Gange, obwohl die Oberaufseher klargemacht hatten, daß jeder, der arbeiten wollte, das auch durfte.

George sah mich an. »Was machen wir denn jetzt?«

»Weiß nicht.«

»Ich auch nicht.«

»Hör mal«, sagte ich. »Geh schon mal bei Arthur die Schlüssel holen. Und dann setzen wir uns in den Van und denken darüber nach.«

»In Ordnung.«

Er marschierte durch die Schwingtür, während ich über den Hof lief. Die gesamte Rampe entlang standen UniVans aufgereiht, und auf dem gegenüberliegenden Areal parkten noch mehr. Alle Motoren waren abgestellt, und mir wurde plötzlich bewußt, wie leise es auf dem Gelände war. Normalerweise herrschte um diese Zeit des Vormittags heillose Betriebsamkeit, und die Gabelstapler schwirrten hin und her, um alle zu beladen. Heute standen jedoch nur ein paar Grüppchen von Männern herum und sahen ziemlich planlos aus. Der UV 55 stand dort, wo ich ihn am Abend zuvor abgestellt hatte, auf halber Strecke an der Rampe. Ich schlenderte zu ihm hin und lehnte mich an ihn. Nach ein paar Minuten kam George zurück.

»Die Entscheidung wird uns abgenommen«, verkündete er. »Arthur streikt auch und rückt die Schlüssel nicht raus.«

Da standen wir nun alle: Pauschaltagverfechter, Feierabendanhänger, der ganze Rest – alle hingen wir in Long Reach herum und konnten nicht arbeiten, ob wir nun wollten oder nicht. Ich vermutete, daß die Situation in den anderen Depots die gleiche war, denn selbst wenn die Schlüsselmeister nicht alle streikten, würden es die Tankwarte ganz sicher tun. Oder die Gabelstaplerfahrer. Oder die Büroangestellten. Jeder Job hing von jedem ab. Und jetzt war der ganze PLAN zum Erliegen gekommen.

»Wie soll ich bloß meine Kuchen ausliefern?« fragte George.

»Keine Ahnung«, erwiderte ich. »Wie viele hast du denn noch ausstehen?«

»Im Augenblick keinen«, sagte er. »Aber du hast doch selbst gesehen, wie schnell man damit in Rückstand geraten kann. Ich fände es wirklich nicht schlecht, wenn wir so bald wie möglich wieder arbeiten könnten.«

Irgend etwas in mir sagte mir, daß George in dieser Hoffnung enttäuscht werden würde. Wenn den Pauschaltagverfechtern an einem effektiven Streik gelegen war, mußte er mit Sicherheit einigermaßen lang dauern. Ich rechnete damit, daß wir eine langatmige Auseinandersetzung vor uns hatten. Außerdem fragte ich mich, wie viele Leute überhaupt die gesamten Auswirkungen des Streiks überblickten. Die ganze Rampe entlang und unten im Hof sah ich Mannschaften neben ihren UniVans stehen, als erwarteten sie, daß es sich um eine Sache von Stunden handeln würde. Einige von ihnen vertrieben sich die Zeit damit, ihre Scheinwerfer zu polieren. Andere faulenzten einfach in der Vormittagssonne. Nur wenigen schien bewußt zu sein, daß sie hier eine ganze Weile lang festsitzen könnten.

Am anderen Ende der Rampe bemerkte ich Jonathan, mit dem ich schon ein paar Wochen kein Wort mehr gewechselt hatte. Ich wußte allerdings, daß er vor kurzem seine Zeit als freier Hilfsfahrer beendet hatte und jetzt ein festes Team mit Peter Lawrence bildete. Als er mich und George sah, kam er zu uns herüber.

»Großartig, was?« sagte er. »Ich bin erst so kurz im PLAN und schon am Streiken.«

»Bist du also ein Pauschaltagverfechter?« fragte ich.

»Eigentlich nicht, aber Peter schon.«

»Das dachte ich mir.«

»Also schließe ich mich ihm einfach an, oder so in der Art. Ich vermute mal, die schicken uns bald nach Hause.«

»Warum?«

»Na ja, hier rumzuhängen nützt doch auch nichts, oder?«

»Nein«, antwortete ich. »Aber wenn du nicht die vollen acht Stunden auf dem Gelände bleibst, bekommst du auch kein Streikgeld.«

»Was!« rief George, schlicht entsetzt.

»Ach du meine Güte«, sagte Jonathan. »Ich wußte gar nicht, daß es irgendwelche Vorschriften gibt beim Streikgeld.«

»Für alles gibt es Vorschriften«, sagte ich. »Ich erinnere mich, wie mir Bill Harper das alles erklärt hat, als ich hier anfing. Nicht, daß wir es bisher je in Anspruch genommen hätten, natürlich nicht.«

»Bis jetzt«, sagte George.

»Ja«, stimmte ich ihm zu. »Bis jetzt.«

Als ihm dämmerte, daß er hier den ganzen Tag herumhängen mußte, verdüsterte sich Georges Gesichtsausdruck.

»Acht Stunden!« sagte er. »Ich wette, die Extremisten finden das auch noch gut!«

Ich schaute auf die Uhr und sah, daß der Zeiger bereits auf acht Uhr fünfundvierzig vorgerückt war. An jedem anderen Morgen wären wir um diese Zeit schon unterwegs gewesen, in Richtung Merry Park oder Cotton Town oder wohin auch immer uns unsere Route führte. Heute jedoch fuhren wir nirgendwohin, und auf einmal schien es noch eine sehr lange Zeit zu sein bis halb fünf.

Im Büro der Oberaufseher sah ich Horsefall, Collis und Meeks mit gesenkten Köpfen um den Tisch sitzen. Ihnen stand auch eine schwierige Zeit bevor. Zweifellos bemühten sie sich nach Kräften, sich zu diesem frühen Zeitpunkt nicht zu wichtig zu machen. Darüber hinaus hegte ich seit langem die Überzeugung, daß die Oberaufseher viel stärker daran interessiert waren, sich gegenseitig in Schach zu halten, als sich um die Erfordernisse des PLANS zu kümmern. Die Geschichte mit Gosling hatte mich in dieser Auffassung noch bestärkt. Vermutlich hatten sie beschlossen, sich abseits zu halten und die Pauschaltagverfechter und die Feierabendanhänger das untereinander ausmachen zu lassen. Mir fiel auf, daß von Joyce keine Spur zu sehen war.

»Habt ihr Lust auf eine Runde Darts?« schlug Jonathan vor.

George schüttelte den Kopf. »Ich habe vorhin schon mal in den Aufenthaltsraum geschaut. Schon um überhaupt ans Regal zu kommen, muß man Schlange stehen.«

»Wir könnten auch nach oben in die Kantine gehen.«

»Nein danke«, sagte ich. »Das ist mir viel zu laut da.«

»Ach, komm schon«, sagte George. »Du kannst doch nicht den ganzen Tag hier unten bleiben.«

»Aber ich bin seit Jahren nicht mehr oben gewesen«, protestierte ich. »Ich fühle mich da nicht wohl.«

»Noch ein Grund mehr, mitzukommen.«

Jede weitere Diskussion war zwecklos. Alle drei trotteten wir durch die Schwingtür und die Treppe hinauf. Schon als wir uns der Kantine näherten, hörte ich die Angestellten das frischgespülte Besteck mit lautem Klappern in die Behälter schmeißen, während zugleich das Geschirr lautstark abgewaschen, getrocknet und zum sofortigen Gebrauch wieder aufgestapelt wurde.

»Warum können die das nicht leiser machen?« murmelte ich.

»Ach, jetzt hör schon auf zu quengeln«, sagte George, stieß noch eine weitere Schwingtür auf und führte uns in den Raum.

Offensichtlich hatte die Hälfte der Belegschaft dieselbe Idee gehabt wie wir. Fast jeder Tisch war von einer Gruppe Männer besetzt, die sich unterhielten, Tee tranken oder vor einem ausgedehnten zweiten Frühstück saßen. In den meisten Fällen auch alles drei. Dennoch sah ich sofort, daß die Pauschaltagverfechter und die Feierabendanhänger auch hier nichts miteinander zu tun hatten. Sie saßen an getrennten Tischen, und jede Partei verhielt sich so, als gäbe es die andere gar nicht. Kontakt wurde nur aufgenommen, wenn eine Saucenflasche oder der Salzstreuer von Tisch zu Tisch gereicht werden mußten. Dann begleitete eine Art eisiger Höflichkeit die Übergabe.

Wir schickten Jonathan an die Theke, um Tee zu holen, während George und ich einen leeren Tisch suchten und uns niederließen. Ein Tisch auf der anderen Seite des Gangs war mit Ron Curtain, Derek Moss und Dave Cuthbert besetzt. Sie waren alle Pauschaltagverfechter und saßen hinter einem kleinen rechteckigen Schild, auf dem in großen Buchstaben STREIKKOMITEE stand. Derek hatte eine Liste mit Namen vor sich liegen, die er mit einem Kuli in der Hand durchging. Hier und da hakte er etwas ab. Er nickte mir zu, als wir uns hinsetzten und fuhr dann fort, seine Liste zu studieren. Eine Minute später stieß Jonathan zu uns.

»Das scheint ja richtig ernst zu werden«, sagte er und senkte seine Stimme ein wenig. »Glaubt ihr, das ist eine Liste mit den streikenden Pauschaltagverfechtern?«

»Könnte schon sein«, antwortete ich. »Andererseits könnte es aber auch eine Liste mit nichtstreikenden Feierabendanhängern sein.«

»Das macht doch ohnehin kaum noch einen Unterschied«, bemerkte George. »Wir sitzen alle im gleichen Boot.«

Er tat sich drei Löffel Zucker in den Tee und rührte niedergeschlagen darin herum. Unterdessen überlegte ich, ob ich jetzt zur Theke gehen und ein Frühstück bestellen oder ob ich lieber noch ein paar Stunden warten und dann gleich ein Mittagessen nehmen sollte. Ehrlich gesagt, hatte ich keinen Appetit, weil ich noch gar nicht gearbeitet hatte. Darum beschloß ich schließlich zu warten.

Wir hatten unseren Tee ausgetrunken, unsere Tassen zurückgebracht und waren seit ein paar Sekunden wieder am Tisch, als Bryan Tovey kam und sich vor dem Streikkomitee aufbaute. Er hatte an einem Tisch auf der anderen Seite der Kantine gesessen und ein ernstes Gespräch mit einer Gruppe Feierabendanhängern geführt, als wir plötzlich sahen, wie er aufstand und entschlossen quer durch den Raum marschierte. Jetzt stand er da und schaute von oben auf Derek, Ron und Dave herab.

»Entschuldigt bitte, wenn ich frage«, sagte er. »Aber wer hat euch eigentlich erlaubt, diesen Streik auszurufen?«

»Das war eine Mehrheitsentscheidung«, erwiderte Derek.

»Ihr habt also abgestimmt, oder wie?«

»Per Handzeichen, ja.«

»Wann denn?«

»Gestern abend, als eure Truppe schon nach Hause gegangen war.«

»Wir haben auch mehrere angesehene Leute um Rat gefragt«, setzte Dave hinzu. »Leute wie John Ford und Len Walker. Beide haben dem Streik ihre volle Unterstützung zugesichert.«

»Ich verstehe«, sagte Bryan. »Und das gibt euch das Recht, uns den ganzen Tag hier herumhocken zu lassen, oder wie?«

»Natürlich gibt das uns das Recht«, sagte Dave. »Zum Wohl des PLANS ist das nötig.«

Die Ernsthaftigkeit dieser Feststellung schien Bryan etwas aus der Fassung zu bringen. Einen Moment lang verfiel er in Schweigen und rang offenbar nach Worten.

Und dann breitete sich in der Kantine ein allgemeines Schweigen aus. Eine der Schwingtüren war ein Stück weit geöffnet worden, und in dem Spalt tauchte ein Kopf auf. Es war Ray Coppin. Wir schauten alle in seine Richtung, er lächelte uns müde zu und verschwand wieder.

12

Der erste Tag des Streiks war der längste, den ich je erlebt hatte. Gegen 11 Uhr vormittags verstrich die Zeit nur noch so langsam, daß ich überzeugt war, die Uhr an der Wand ginge gar nicht mehr. Erst als der große Zeiger eine Minute weiterrückte, merkte ich, daß ich mich irrte.

Nachdem wir inzwischen jeder vier Becher Tee konsumiert hatten, saßen George, Jonathan und ich nun da und lauschten dem Stimmenwirrwarr und den endlosen Debatten um uns herum. Niemals zuvor hatte ich so viele Leute gesehen, die sich in einer Sache so vollkommen einig waren. Zugleich waren sie mit den Kollegen an den Nachbartischen ganz und gar nicht einer Meinung. Daß sich niemand in die Haare geriet, grenzte an ein Wunder, denn in dieser Kantine war eigentlich gar kein Platz für zwei einander gegenüberstehende Lager. Doch es herrschte kompletter Stillstand. Alle nörgelten nur fortwährend herum, wie kurzsichtig und unvernünftig die andere Seite war, verglichen mit der eigenen, aufgeklärten Einstellung. Natürlich hatte ich diese ganzen Argumente zuvor schon hundertmal gehört und keinen Bedarf, sie noch einmal erläutert zu bekommen. Nach einer Weile beschloß ich darum, daß ich die Nase voll hatte, und ging wieder hinunter. George und Jonathan stellten sich in die Schlange für die Darts.

Als ich am Schlüsselraum vorbeikam, bemerkte ich, daß die Tür nur angelehnt war. Ich gab ihr einen kleinen Schubs. Drinnen saß Arthur und las Zeitung.

»Ach, du bist es«, sagte er und sah auf. »Ich habe zu.«

»Das weiß ich«, erwiderte ich. »Aber ich habe mich nur gefragt, ob ich die Schlüssel zu meinem Van mal für ein paar Minuten ausleihen könnte.«

»Warum denn?«

»Na ja, ich dachte, ich fahre ihn mal in die Waschanlage. Um ihn ein bißchen aufzupolieren, oder so.«

»Ich fürchte, die Antwort ist nein«, sagte Arthur. »Wir befinden uns im Streik, wie du vielleicht mitbekommen hast.«

»Ja, aber es wäre nur für kurze Zeit. Dann bringe ich sie zurück.«

»Hör mal«, sagte er. »Wenn ich dir die Schlüssel leihe, muß ich sie jedem leihen, der hier aus irgendeiner Laune heraus ankommt. Ich habe dir gerade schon gesagt, daß ich zu habe. Darum ist auch die Luke geschlossen. Wenn du deinen Van waschen willst, mußt du dir einen Eimer und einen Lappen besorgen und das per Hand machen.«

»Wo bekomme ich denn so was?«

»Frag mal beim Hausmeister nach.«

»Oh, richtig, danke, Arthur. Tut mir leid, daß ich gestört habe.«

Er brummte etwas und schloß die Tür hinter mir, als ich hinausging. Als ich zum Kabuff des Hausmeisters kam, war dieses jedoch geschlossen. Hinter dem Milchglas konnte ich niemanden sehen. Dann machte ich mir klar, daß der Hausmeister aller Wahrscheinlichkeit nach auch streikte, wie alle anderen. Arthur hatte mich möglicherweise nur dorthin geschickt, um mich loszuwerden. Trotzdem hatte ich mir jetzt in den Kopf gesetzt, meinen Van zu waschen. Ich streifte also im Depot herum auf der Suche nach Eimer und Lappen. Das erwies sich als erfolglos, weswegen ich hinüber in die Werkstatt ging. Sicherlich würden sie dort etwas haben, um eingreifen zu können, falls eines der Fahrzeuge mal Öl verlor.

Ich betrat die Werkstatt durch die Tür, durch die wir in den letzten Wochen immer gekommen waren, wenn wir Georges Kuchen abgeholt hatten. Weder von Rob Marshall noch von sonst jemandem war auch nur eine Spur zu sehen. Es herrschte Stille. Ich wagte mich weiter ins Innere vor, kam an Ken Scanlons leerem Büro vorbei und ging dann in die eigentliche Werkstatt. Diese hatte keine Fenster und wurde komplett von Neonröhren beleuchtet, die an dünnen Metallketten von der Decke hingen. Das Gebäude war verlassen, aber was ich jetzt sah, ließ mich abrupt innehalten. Vor mir, auf einer hydraulischen Rampe, stand ein halb auseinandergenommener UniVan. Seine Räder, die Seitenteile, das Dach und die Fahrerkabine waren abmontiert worden. Zurück blieben das Fahrgestell und der Motor. Die Scheinwerfer steckten nackt auf ihren Befestigungen. Überall lagen Ersatzteile herum, aber auch Schraubenzieher sowie Schraubenschlüssel. Anscheinend war die Arbeit in dem Augenblick unterbrochen worden, als der Streik begann. Eine Klemmlampe war am Fahrgestell befestigt worden. Sie beleuchtete das kaputte Fahrzeug mit grellem Licht. Dieser desolate Anblick löste in mir ein seltsames Gefühl der Trauer aus, als ob ich etwas für immer verlöre, das mir lieb und teuer war. Eine Zeitlang ließ ich die ergreifende Szene auf mich wirken. Dann verließ ich die Werkstatt und ging zurück nach draußen, in den Sonnenschein.

Es war ein warmer Tag. Inzwischen waren ziemlich viele Leute aus der Kantine in den Hof heruntergekommen. Sie vertraten sich die Beine und liefen in Gruppen zu zweit oder dritt herum. Noch immer hatte ich keinen Eimer und keinen Lappen auftreiben können, aber angesichts der wachsenden Menge kam mir allmählich der Gedanke, ich sollte vielleicht besser die ganze Idee mit dem Van-Waschen vergessen. Denn schließlich würde ich mich sicherlich unbeliebt machen, wenn ich mitten in dem allgemeinen Aufruhr beim Arbeiten gesehen würde. Wo sich um mich herum doch gerade so wichtige Dinge taten. Die Tatsache, daß ich weder ein Pauschaltagverfechter noch ein Feierabendanhänger war, tat nichts zur Sache. Dieses hier war der erste Streik in der Geschichte des PLANS, und mir wurde bewußt, daß ich dabei mitmachen mußte, ob ich nun wollte oder nicht.

Die Extremisten sahen das allerdings ganz anders, wie ich bald feststellte. Ich hatte vermutet, sie würden die Aktion der Pauschaltagverfechter ganz und gar unterstützen. Um so überraschter war ich, als ich hörte, eine Gruppe von ihnen hätte den Aufenthaltsraum besetzt, und zwar nicht mit der Absicht, dort Darts oder Karten oder Billard zu spielen, sondern, um gegen den Streik zu protestieren. Diese Neuigkeit erfuhr ich von Dave Whelan.

»Sie haben sich da drinnen verbarrikadiert«, sagte er. »Diese blöden Spielverderber. Jetzt haben wir gar nichts mehr zu tun.«

Offensichtlich war die Besetzung von Richard Harper angeführt worden, dessen Anhänger glaubten, der Streik würde die öffentliche Meinung im ganzen Land gegen uns aufbringen. Darüber hinaus waren sie sehr dagegen, daß die Leute zu so einem kritischen Zeitpunkt irgendwelchen Freizeitbeschäftigungen nachgingen. Das Streikkomitee hatte Bill aufgefordert, seinen Bruder zur Vernunft zu bringen, aber bisher waren seine Versuche vergeblich gewesen.

Die Feierabendanhänger waren unterdessen sehr verunsichert, welche Haltung sie gegenüber dem Streik einnehmen sollten. Im Innern ihres Herzens fanden sie natürlich die Vorstellung gut, ein paar Stunden herumzuhängen und nichts zu tun, weil sie ihre Nachmittage ohnehin auf diese Art und Weise zuzubringen pflegten. Aber irgendwie war es eine Sache für einen Fahrer, seine Zeit auf einem verborgenen Rastplatz einige Meilen entfernt vom Depot in seinem Fahrzeug zu verbringen; etwas ganz anderes war es jedoch, auf dem Gelände des Depots festzusitzen. Daher kam es, daß sich die Feierabendanhänger immer unbehaglicher fühlten, als es drei Uhr und später wurde. Normalerweise würden sie um diese Zeit Pläne schmieden, wo sie einem nichtsahnenden Oberaufseher auflauern könnten in der Hoffnung, ihre Karten abgezeichnet zu bekommen. Im Unterschied dazu hatten sie heute keine andere Wahl, als bis vier Uhr dreißig zu warten.

Die letzten zehn Minuten waren die längsten. Die Acht-minus-zehn einzufordern stand außer Frage, denn während des Streiks galt diese Regelung nicht. Außerdem waren die Vans den ganzen Tag über nicht bewegt worden. Also gab es auch keine Schlüssel abzugeben. Trotzdem entging keinem von uns die Ironie der Situation, und ich sah einige Köpfe, die in trauriger Resignation geschüttelt wurden. Um zwanzig nach vier kamen diejenigen aus der Kantine herunter, die dort den ganzen Tag herumgesessen hatten, und mischten sich unter die Menge, die sich in Tornähe versammelte. Um vier Uhr neunundzwanzig tauchten die Extremisten aus dem Aufenthaltsraum auf, nicht ohne die Tür hinter sich mit einem Vorhängeschloß zu verschließen, damit sie am nächsten Morgen ihre Besetzung fortführen konnten. Dann schließlich, um Punkt halb fünf, verließen wir alle das Depot-Gelände unter lautem Jubel. Endlich konnten wir nach Hause gehen.

Das nächste größere Ereignis folgte ein paar Tage später, als die Damen in der Kantine beschlossen, sich ebenfalls dem Streik anzuschließen. Sie hatten ganz offensichtlich die Nase voll davon, Horden von undankbaren Männern Tee zu servieren, die nichts anderes taten, als um die Tische herumzusitzen und zu reden. Ihr Verhalten brachte die Pauschaltagverfechter natürlich in Verlegenheit, da sie offensichtlich nicht mit einer solchen Wendung der Ereignisse gerechnet hatten. Tatsächlich wurden einige von ihnen bei dem Versuch belauscht, den Kantinendamen das Streiken auszureden, zweifelsohne, weil sie hofften, dadurch den Nachschub an subventioniertem Essen und Trinken aufrechtzuerhalten. Sie hatten jedoch keinen Erfolg dabei, und am Ende der ersten Woche blieb die Küche zu. Zum Glück gelang es dem Streikkomitee, eine Teemaschine zu organisieren, so daß zumindest fürs erste der drohende Engpaß bei der Teeversorgung auf ein Minimum reduziert werden konnte.

Am folgenden Montag erhielt das Depot Besuch von Nesbitt. Er tauchte auf, als Jonathan und ich gerade auf der Kante der Laderampe saßen und bei einem improvisierten Fußballspiel zuschauten, das in der Mitte des Hofes stattfand. Derartige

Spiele fanden immer häufiger statt, je länger der Streik dauerte. Und immer spielten Teams aus Feierabendanhängern auf der einen Seite und Pauschaltagverfechtern auf der anderen gegeneinander. Es stand null zu null, als Jonathan mich anstieß und mit dem Finger auf eine schwarze Gestalt deutete, die langsam um den Hof herumlief.

»Ach du meine Güte«, sagte ich. »Es ist brüllend heiß, und er trägt immer noch die volle Uniform.«

Nesbitt war jetzt stehengeblieben und schaute hinüber zu den Fußballspielern, von denen ihn noch keiner bemerkt hatte.

»Was er wohl hier will?« sagte Jonathan.

»Wahrscheinlich nur herumschnüffeln«, vermutete ich. »Um sich zu beschäftigen, während er sich neue Methoden ausdenkt, um den Feierabendanhängern einen Strich durch die Rechnung zu machen.«

»Na ja, wer selbst im Glashaus sitzt ...«

»Wie meinst du das?«

»Als Nesbitt noch selbst Fahrer war, war er der schlimmste Feierabendanhänger von allen.«

»Woher weißt du das?«

»Von einem Typen, den ich drüben im Depot von Rudgeway getroffen habe. Er kannte mal jemanden, der in der Anfangsphase des PLANS mit Nesbitt zusammengearbeitet hatte. Wochenlang haben sie nicht einen Tag durchgearbeitet, wurde mir gesagt. Regelmäßig kriegten sie ihre Karten abgezeichnet. Anscheinend war das Management ziemlich erleichtert, als er sich auf die Stelle als Oberaufseher beworben hat. Das bedeutete nämlich, sie hatten ihn auf ihrer Seite.«

»Wer war denn dieser Typ?«

»Ach, seinen Namen weiß ich nicht. Aber er hat mir versichert, daß die Geschichte stimmt.«

Aus der Mitte des Hofes schallte lautes Gebrüll zu uns herüber. Die Pauschaltagverfechter hatten gerade ein Eigentor geschossen, und die Feierabendanhänger rannten herum und gratulierten einander, als hätten sie am Weltmeisterschafts-Endspiel teilgenommen. Als endlich weitergespielt wurde, war Nesbitt verschwunden.

Weder fanden wir je den genauen Grund für seine Anwesenheit in Long Reach heraus, noch prüfte ich Jonathans Geschichte auf ihren Wahrheitsgehalt. Schließlich verwarf ich sie als Geschwätz. Mir war noch nicht klar, daß es sich dabei nur um die erste in einer langen Reihe von wilden Geschichten handelte, von denen immer mehr zirkulierten, je länger der Streik andauerte. Viele von ihnen hatten Gosling zum Thema. Seine anhaltende Abwesenheit war Wasser auf die Mühlen der Gerüchtestreuer. Einer ihrer Berichte besagte, daß er zum Schüren der Kohleheizung eines abgelegenen Depots eingesetzt worden sei. In einem anderen wurde behauptet, ihm sei die Aufgabe übertragen worden, alle gebrauchten Stechkarten zu sortieren und diejenigen mit Unterschriften von solchen ohne zu trennen. Diese Plackerei würde ihn mehrere Jahre kosten. Beide Geschichten waren natürlich komplett erfunden, das wußte ich besser als alle anderen. Aber unter den gegebenen Umständen dachte ich, es sei wahrscheinlich schlauer, nichts zu sagen.

Allerdings gab es ein Gerücht, das einigermaßen glaubwürdig erschien. Es wurde irgendwann im Verlauf der dritten Streikwoche gestreut, und ich hörte es aus mehr als einer Quelle. Demnach hatte eine Gruppe von Fans sich an das Management gewandt und angeboten, die Touren mit den Uni-Vans zu übernehmen, bis der Streit zwischen den beiden Lagern ausgeräumt sei. Das würde strikt auf freiwilliger Basis erfolgen, die Arbeit wäre unbezahlt, und sie waren bereit, sofort damit anzufangen. Dem Gerücht zufolge war über ihr Angebot »noch nicht entschieden worden«.

An dieser Stelle muß darauf hingewiesen werden, daß der Streik zwar die ganze Nation betraf, eigentlich aber fast gar keine Auswirkung auf das wirtschaftliche Leben des Landes hatte. Er verursachte keine Engpässe oder Unterbrechungen und wurde von der Mehrheit der Verkehrsteilnehmer sogar begrüßt, die nicht mehr von Prozessionen dahinkriechender Uni-Vans behindert wurden. Der Sinn der Kampagne war einzig und allein, die Aufmerksamkeit auf ein anerkanntes Problem innerhalb des PLANS zu lenken. Allerdings drohte der Vorschlag der Fans nun, alle Arten ungewollter Fragen zu provozieren. Denn wenn Leute dazu bereit waren, unentgeltlich Uni-Vans durch die Gegend zu chauffieren: Warum sollte man dann denjenigen Löhne auszahlen, die das nicht waren?

Infolgedessen wurde das Gerücht von zunehmender Unruhe begleitet. Zuerst begegnete es mir bei einem meiner seltenen Besuche in der Kantine, wo in letzter Zeit ein paar Veränderungen eingetreten waren. Während der vorangegangenen Tage war das Streikkomitee beschuldigt worden, sich die Teemaschine unter den Nagel gerissen und die Pauschaltagverfechter vor den Feierabendanhängern bedient zu haben. Darüber hinaus hatten sie sich als durch und durch inkompetent erwiesen. Zuerst war ihnen der Zucker ausgegangen, dann die Milch, und schließlich sogar der Tee selbst. Zu diesem Zeitpunkt hatte George zur großen Erleichterung des in Bedrängnis geratenen Komitees die Initiative ergriffen und angeboten, als Kantinenmanager auf Zeit die Versorgung mit Essen und Trinken zu gewährleisten. Sie hatten sein Angebot auf der Stelle angenommen. Heute war sein zweiter Tag in der neuen Funktion, und ich hatte beschlossen, mir einmal anzuschauen, wie er zurechtkam. Inzwischen prallten in der Kantine die Ideologien aufeinander, und es dauerte nicht lange, bis mir zugetragen wurde, daß die Fans sich als freiwillige Helfer anboten. Ich fand einen leeren Tisch und setzte mich.

»Aber wie ihr alle wißt«, sagte eine Stimme in der Nähe, »bin ich der Überzeugung, daß alle freiwillige Arbeit verboten werden sollte.«

Der Sprecher war John Ford, der im ganzen PLAN als Pauschaltagverfechter verschrieen war. Wie üblich nahm seine

Unterhaltung die Form einer allgemeinen Ansprache an. Er richtete seine Bemerkungen nicht nur an seine drei Tischgenossen, sondern auch an jeden anderen in der näheren Umgebung, der sie hören wollte. Mit seiner Art erinnerte er mich an einen Lehrer, der vergeblich davon ausgeht, daß die ganze Klasse ihm lauscht. Ein schneller Blick quer durch die Kantine ließ mich erkennen, daß niemand auch nur im geringsten darauf achtete, was John zu sagen hatte, außer seinen unmittelbaren Nachbarn und mir. Das reichte jedoch, um ihn zufriedenzustellen und zu überzeugen, daß seine Worte nicht ungehört verhallten. Als ihm auffiel, daß ich ihm lauschte, nickte er mir dankbar zu.

»Unbezahlte Arbeit darf in der modernen Wirtschaft keine Rolle spielen«, fuhr er fort. »Denn wenn Leute umsonst arbeiten, kann man unter Garantie davon ausgehen, daß irgendwo jemand aus einem Job entlassen wird!«

»Was passiert dann also, wenn das Management das Angebot der Fans annimmt?« fragte Chris Darling, der uns gegenüber saß.

»Wir müssen einfach die Tore versperren«, verkündete John, als ob diese Lösung offensichtlich wäre. »Dann können die Vans nirgendwo hinfahren.«

Offenbar hatten drei Wochen Streik Johns Verve keinen Abbruch getan. In diesem Moment wurde mir bewußt, daß beide Seiten immer noch so verbohrt wie eh und je waren. Wie lange, fragte ich mich, konnte diese festgefahrene Situation noch andauern? Der einzige, der ganz klar von der Lage der Dinge profitierte, war George, dessen Catering-Unternehmen bestens lief. Aber als ich ihn ein paar Minuten später sprach, stellte sich heraus, daß sogar er Probleme hatte.

»Sandro hat sich bei mir gemeldet«, erklärte er, während er mir einen zweiten Becher Tee einschenkte. »Er will wissen, wann wir die Arbeit wiederaufnehmen, damit er wieder mit Trace' Kuchen anfangen kann.«

»Was hast du ihm gesagt?«

»Ich habe gesagt, daß ich keine Ahnung hätte, wie lange der Streik noch dauern würde, und dann hat er mir gesagt, daß er alle seine Expansionspläne auf die lange Bank schiebt. Vielleicht muß er sogar Gosling deswegen entlassen.«

»Oh, aber das können wir doch nicht wollen«, sagte ich. »Für ihn ist es doch viel besser, er bleibt, wo er ist. Außer Sichtweite.«

»Das weiß ich auch«, seufzte George. »Und außerdem liegt mir natürlich Trace die ganze Zeit in den Ohren.«

Er sah ernsthaft besorgt aus, aber ich wußte auch keinen Ausweg aus der gegenwärtigen Sackgasse. Ich murmelte also ein paar Platitüden wie »die Dinge werden sich wahrscheinlich mittelfristig von alleine lösen«, dann ging ich die Stufen zum Hof hinunter. Aus irgendeinem Grund entschied ich mich für den Weg durch den Hauptkorridor. Als ich an der Wandtafel vorbeikam, fiel mir auf, daß dort neue Zeitpläne ausgehängt worden waren. Dies legte wiederum den Schluß nahe, daß das Management davon ausging, der Streik würde nicht ewig andauern, und daß sie ihre tägliche Arbeit – die Leitung des PLANS – einfach fortsetzten. Ich stellte bei näherer Betrachtung erfreut fest, daß die neuen Touren auch Fahrten nach Eden Lacy beinhalteten. Bei dieser Gelegenheit fragte ich mich, wie wohl Harold, Martin, Eric und Jim mit den Auswirkungen des Streiks fertig wurden. Ob sie immer noch ihre Tage beim Kartenspielen an jenem Tisch am Ende der Laderampe zubrachten? Und dabei tellerweise Sandwichs aßen, die Martin zubereitet hatte? Oder waren auch sie in endlose Debatten über die Vor- und Nachteile des Pauschaltagmodells verstrickt?

Ich für meinen Teil mußte mir eingestehen, daß ich die Nase ziemlich voll hatte vom Streik und nichts lieber wollte, als wieder zu arbeiten. Oh, wie ich mich nach jenen glorreichen Tagen sehnte, an denen wir die Ringstraße entlanggeschippert waren, gut versorgt mit Tee und Doughnuts. Damals hatten wir Begrüßungszeichen mit unseren Arbeitskameraden ausgetauscht und waren Depots mit stolzen Namen wie Merry Park, Cotton Town und Rudgeway angefahren! Vielleicht konnte man ein schöneres Leben haben, als acht Stunden hinter dem Lenkrad eines UniVans zu sitzen, aber in genau diesem Moment konnte ich mir kein schöneres vorstellen.

Die Tür zum Aufenthaltsraum öffnete sich, und Bob Little trat sehr erregt heraus.

»Weißt du, was in diesem Land falsch läuft?« fragte er, als er mich sah. »Die Zusammenarbeit. Niemand arbeitet wirklich zusammen: Jeder macht die Sache dem Nächstbesten nur so schwer wie möglich.«

»So habe ich das noch nie gesehen«, sagte ich.

»Na ja, dann merke dir, was ich sage, es stimmt«, sagte Bob. »Schau dir doch an, wie dieser Streit immer länger dauert. Er hätte vor Wochen zu jedermanns Zufriedenheit beigelegt werden können, wenn die Leute nur zusammenarbeiten würden. Statt dessen liegen sich die Pauschaltagverfechter und die Feierabendanhänger in den Haaren, die Oberaufseher sagen, damit haben sie nichts zu tun, und die vom Management halten die Luft an und hoffen, daß alles vorbeigehen wird. Und dann gibt es da noch die Fans, die wie die Aasgeier auf Beute warten. Weißt du, was in der Öffentlichkeit über uns geredet wird?«

»Nein.«

»Es heißt, wir wüßten nicht, was Arbeit ist. Wir werden als Drückeberger und als Jammerlappen bezeichnet. Wir!! Das ist widerlich! Ich erinnere mich noch gut, wie dieser PLAN mal die Speerspitze der Industriegesellschaft darstellte, aber heutzutage ist er in Gefahr, spurlos im Nichts zu versinken.«

Nachdem er sich das alles erst einmal von der Leber geredet hatte, beruhigte sich Bob ein wenig und erzählte mir dann, daß er die einzige Lösung darin sähe, Vertreter beider Seiten in einem Raum zusammenzuführen und sie dazu zu bringen, die Dinge zu regeln. Er hatte schon am Telefon mit John Jones in Merry Park darüber gesprochen, und John hatte sich bereit erklärt, einen Rundruf durch die anderen Depots zu starten, um ein paar passende Kandidaten aufzustöbern.

»Les Prentice ist mit Sicherheit dabei«, verkündete Bob. »Und ich denke, John Ford ist auch so jemand, der eine ausgewogene Position vertreten könnte.«

Er ging eine Liste von Namen durch, von denen ich einige kannte, und schlug vor, das Treffen sollte in Form eines »runden Tisches« abgehalten werden. Ich ergriff die Gelegenheit, endlich wieder etwas zu tun zu bekommen, beim Schopf und bot sofort meine Unterstützung bei der Umsetzung seiner Idee an.

»Wo planst du denn, diese Versammlung abzuhalten?« fragte ich.

»Na ja, Merry Park würde sich anbieten«, erwiderte er. »Aber dort sind sie ein bißchen zu voreingenommen gegenüber den Feierabendleuten, und das würde dann nicht für fair gehalten werden. Ich habe schon mit Ray Coppin darüber gesprochen, ob man nicht den Versammlungsraum hier benutzen könnte, und er hat zugestimmt.«

Ich mußte zugeben, ich war von Bobs Initiative beeindruckt. Er hatte sich nicht nur die Idee mit dem Treffen ausgedacht, sondern auch schon einiges für sein Zustandekommen organisiert. Trotzdem war klar, daß das Treffen nicht über Nacht zustande kommen würde, denn einige der eingeladenen Delegierten kamen aus entlegenen Gegenden im Einzugsgebiet des PLANS. Es würde ein oder zwei Tage dauern, sie alle zu versammeln. In der Zwischenzeit mußte man den Versammlungsraum herrichten, und Bob fragte mich, ob ich so nett sein würde, damit schon einmal anzufangen.

Der Raum befand sich am unteren Ende des Hauptkorridors, neben der Schwingtür. Er war für den Empfang von Honoratioren vorgesehen, was eigentlich nur bedeutete, daß er mit Teppich anstatt mit Linoleum ausgelegt war. Es gab keine Fenster, aber trotzdem hingen schwere Samtvorhänge an den Stellen, wo normalerweise Fenster gewesen wären. In der Ecke standen ein Stapel lederbezogener Stühle und ein großer runder Tisch. In einem kleinen Vorraum fand ich einen Staubsauger und saugte damit einmal über den Teppich. Dann rückte ich den Tisch und die Stühle in die Mitte des Raumes. In das Licht eines elektrischen Kronleuchters getaucht, kam er mir jetzt wie der perfekte Ort für ein Gipfeltreffen vor.

Während ich all das erledigte, schauten hin und wieder neugierige Arbeiter herein. Mir schien, die Kunde von dem bevorstehenden Treffen hatte sich bereits verbreitet, und jetzt wollte jeder seinen Rat anbieten und seine Meinung dazu sagen.

»Sag Les Prentice von mir«, sagte ein Fahrer, »daß der vorgezogene Feierabend nicht verhandelbar ist.«

»Du brauchst noch Aschenbecher«, warnte mich ein anderer. »Viele Aschenbecher.«

Ungefähr nach dem zehnten Einfall von irgendwelchen Leuten, die mich entweder als Laufburschen oder als unbezahlten Butler behandelten, machte ich die Tür zum Versammlungsraum zu und schloß ab. Irgend etwas in mir sagte mir, daß die ausgewählten Vertreter eine harte Zeit vor sich hatten, und ich hoffte, mich nützlich gemacht zu haben, indem ich für eine ruhige Atmosphäre gesorgt hatte. Als ich Bob Little wiedertraf, teilte er mir mit, daß das Treffen für den kommenden Montag um zehn Uhr dreißig angesetzt war.

An diesem Wochenende hörte schließlich das schöne Wetter auf, das den Streik bisher begleitet hatte. Am Montagmorgen regnete es leicht. Jeder der ankommenden Delegierten trug darum einen Regenmantel, und als ich sie so beobachtete, fiel mir auf, wie ähnlich sie alle aussahen. Les Prentice und John Ford kannte ich natürlich vom Sehen, aber offen gestanden waren sie kaum von ihren anderen Kollegen zu unterscheiden. Sie alle waren typische Männer des PLANS, und es fiel mir schwer, mir vorzustellen, daß sie alle derart gegensätzliche Meinungen hatten.

Die Feierabendleute verlasen zur Eröffnung eine Stellungnahme, in der sie den Vorschlag machten, daß vorgezogene Feierabende in Zukunft in den Zeitplänen berücksichtigt werden sollten, mit der Garantie, daß mindestens einmal pro Woche um drei Uhr Schluß gemacht werden konnte. Darüber konnten die Pauschaltagverfechter nur lachen. Ihr Sprecher nannte den Vorschlag »illusionär«.

Er hieß Andy Powell, und vor dem Gipfeltreffen sprach er unter einem Regenschirm zu einer Versammlung von durchnäßten Anhängern. Sie hatten sich in der Nähe der Waschanlage zusammengefunden, aber da er das inzwischen bekannte Megaphon benutzte, waren seine Worte deutlich quer über den Hof zu vernehmen.

»Manchmal«, rief er mit dröhnender Stimme, »glaube ich, unsere Freunde, die Feierabendleute, leben in einer Art Wolkenkuckucksheim. Sie haben noch nie einen vollen Arbeitstag abgeleistet, und was noch schlimmer ist: sie wollen das auch gar nicht.«

Diese Beschuldigung brachte ihm den heftigen Jubel seines Publikums ein. Davon ermutigt machte er noch ein paar Minuten in einem ähnlichen Stil weiter. Als er fertig war, hatte er eine ganze Bandbreite von Beleidigungen, Sticheleien und Unterstellungen abgedeckt. Die Feierabendanhänger schäumten vor Empörung. Kurz darauf veröffentlichten sie ihre Zweite Stellungnahme, in der seine Bemerkungen als »lächerlich« und »wenig hilfreich« bezeichnet wurden.

In dieser wenig kompromißbereiten Atmosphäre wurden vierzehn Männer um zehn Uhr dreißig in den Versammlungsraum geführt.

»Fängt ja gut an«, bemerkte Jonathan, als sich die Tür hinter ihnen schloß.

Im Hauptkorridor drängten sich die Zuschauer, die begierig darauf warteten, als erste den Ausgang des Treffens zu erfahren. Als immer mehr Zeit verstrich, verzogen sich jedoch viele von ihnen in die Kantine. Schließlich blieben nur noch ich, Jonathan und Bob Little sowie ein paar ganz Harte zurück. Nicht ein Ton war aus dem Inneren des Raums zu hören. Wie es aussah, war der Krawall, den wir alle erwartet hatten, vermieden worden. Gegen ein Uhr öffnete sich die Tür zwei Inch breit, und Bob wurde hineingerufen.

»Tut sich irgend etwas?« erkundigte ich mich bei seiner Rückkehr.

»Bisher noch nicht«, antwortete er. »Sie haben gebeten, ihnen Bier und Sandwichs zu bringen.«

»Das ist doch mal ein gutes Zeichen«, sagte ich. »Zumindest haben sie es gemütlich.«

»Ja, wir haben auch vorsichtshalber einen Kasten Bier besorgt«, sagte Bob. »Glaubst du, George könnte sich um die Sandwichs kümmern?«

»Ich schaue mal nach«, sagte Jonathan, flitzte durch die Schwingtür und die Treppen zur Kantine hinauf. Im Nu war er wieder zurück. »Nein, kann er nicht. Er sagt, er hat viel zuviel zu tun.«

»Also, was machen wir denn jetzt?« fragte Bob.

»Keine Sorge«, sagte ich. »Ich kenne den richtigen Mann.«

13

Martins Ankunft rund vierzig Minuten später glich dem Erscheinen der Kavallerie am Horizont. Zu diesem Zeitpunkt hatten die Delegierten ihre Bitte nach Verpflegung bereits zweimal wiederholt und ließen, Bob zufolge, erste Zeichen von wachsender Verärgerung erkennen. Als er endlich imstande war, ihnen zu versichern, daß ihre Sandwichs zubereitet wurden, versanken sie in erwartungsvolles Schweigen.

Martin hatte einen großen Korb mitgebracht, der alle nötigen Zutaten enthielt, außerdem Teller, Messer und ein Schneidebrett. Er richtete sich in einem Raum nicht zu nahe bei der Kantine ein (um George nicht in die Quere zu kommen), und schon bald wurden die Sandwichs zügig dick mit Butter bestrichen.

»Bei der ersten Runde ist Käse und Salat drauf«, verkündete er. »Wenn sie eine zweite Runde wollen, gibt es Eier und Kresse.«

Jeder Teller wurde zusammen mit einer Flasche Bier serviert und von Bob und Jonathan, der inzwischen Martins eifriger Gehilfe geworden war, persönlich im Versammlungsraum abgegeben. Ich bemerkte, daß einige ganz und gar nicht hilfreiche Gestalten zur gleichen Zeit wie Martin aufgetaucht waren. Sie lungerten um den Tisch herum, an dem er die Sandwichs belegte und hofften wohl, etwas abzubekommen. Als Bob zurückkam, war er darum gezwungen, sie mit eindeutigen Worten zu verscheuchen.

»Verdammte Schmarotzer«, bemerkte er. »Manche Leute haben einfach kein Schamgefühl.«

Trotz seiner Grobheit war Bob sichtlich erfreut über die Wirkung, die die kleine Stärkung bei den Abgeordneten hervorrief. Er drängte Martin, eine Reserve an Sandwichs für den Nachmittag vorzubereiten. Diese wurden dann mit weißen Servietten abgedeckt und streng bewacht, bis sie zum Einsatz kamen.

Wer gedacht hatte, man würde schnell zu einer Einigung kommen, hatte sich getäuscht. Die Männer hinter der geschlossenen Tür waren vielleicht durch den Mittagsimbiß versöhnlicher gestimmt, aber jeder für sich genommen war ein Dickschädel, weswegen ihre Auseinandersetzung den ganzen Nachmittag andauerte. Um halb fünf gingen ziemlich viele der Streikenden in dem Bewußtsein nach Hause, daß ihr Schicksal jetzt in den Händen anderer ruhte. Zurück blieb ein harter Kern von Feierabendleuten, Pauschaltagverfechtern und Extremisten, die sich gelangweilt Gesellschaft leisteten, während es Abend wurde und die Verpflegungsleute mit dem Aufräumen anfingen.

Martin hatte gerade alles in seinen Korb zurückgepackt, als George ihm einen Besuch abstattete.

»Hier kommt eine Tasse Tee«, sagte er. »Ich vermute mal, keiner hat daran gedacht, dir einen zu bringen, was?«

Das reichte vollkommen, um jede Spur von Rivalität, die zwischen den beiden hätte entstehen können, zu überwinden, und innerhalb von zehn Minuten waren sie dabei, ihre Ansichten über die beste Art, Butter zu verstreichen, auszutauschen. Unterdessen zog sich das Treffen in die Länge. Um sechs Uhr wurde nach weiteren Sandwichs und Bier verlangt. Als Bob beides hineinbrachte, machte er die Delegierten darauf aufmerksam, daß die Vorräte jetzt aufgebraucht seien. Seine Idee dabei war, sie ein bißchen zu drängeln, aber der Versuch war vergeblich. Die Tür öffnete sich erst um kurz nach zehn. Ein finster blickender John Ford trat heraus, gefolgt von Andy Powell und den anderen zwölf. Sie versammelten sich an einem Ende des Korridors zu einer Gruppe. Dann machten John und Andy einen Schritt nach vorne und hielten eine Rede.

»Das war ein harter Tag«, fing John an. »Aber dank Bobs und euer aller Anstrengungen ist es uns gelungen, zu einer Übereinstimmung zu kommen. Beide Seiten akzeptieren, daß eine Verlängerung des Streiks wenig nützen würde. Deswegen haben wir nach langen Überlegungen eine Gemeinsame Stellungnahme verfaßt, die mein Kollege euch jetzt vorlesen wird.«

Es entstand eine Pause, in der Andy Powell langsam ein Blatt Papier auseinanderfaltete, das er fest in der linken Hand gehalten hatte. Ein oder zwei Zuschauer scharrten vor Spannung mit den Füßen. Andere räusperten sich an Andys Stelle. Dann hielt er die Stellungnahme vor sich und las laut vor:

»Wir stimmen überein, daß am Prinzip des Pauschaltags festgehalten werden sollte, daß jedoch vorgezogene Feierabende gestattet werden sollten, falls und wenn die Umstände dies zulassen.«

Eine weitere Pause folgte.

»Ist das alles?« fragte jemand.

»Jawohl«, erwiderte Andy. »Das ist alles.«

»Was ist mit der Acht-minus-zehn?«

»An der Acht-minus-zehn wird festgehalten.«

Dies rief allgemeinen Jubel hervor. Die vierzehn Delegierten machten sich ans gegenseitige Händeschütteln, Schulterklopfen und Beglückwünschen.

»Mit anderen Worten«, murmelte George. »Wir sind da, wo wir vorher auch schon waren.«

Die Wiederaufnahme der Arbeit war eine würdevolle Angelegenheit. Am Mittwoch morgen, nach einem Tag »Beratung und Abstimmung«, stempelte die gesamte Belegschaft ab, als hätte es nie einen Streik gegeben. Um halb neun fuhr dann eine Kolonne UniVans durch das Tor, angeführt von einem mit Wimpeln geschmückten Fahrzeug. Lagerarbeiter aus beiden Parteien schauten von der Laderampe aus zu, und gemeinsam bereiteten sie den Vans einen glanzvollen Abschied. Auf diese Art und Weise signalisierten sie, daß der Konflikt wirklich und wahrhaftig beigelegt war.

Das Wiederauftauchen der UniVans auf den Straßen hatte dennoch nicht ganz die Wirkung, die die meisten von uns erwartet hatten. Allgemein war angenommen worden, daß das Ende der Auseinandersetzungen von der Bevölkerung weithin begrüßt würde. George und ich waren deswegen überrascht von der Menge der seltsamen Blicke, die uns zugeworfen wurden, als wir unsere Fahrt auf der Ringstraße antraten. Wir konnten schon nicht mehr zählen, wie oft die Leute uns angeschaut und dann verächtlich den Kopf geschüttelt hatten, wie um zu sagen: »Was für eine Schande, einfach so zu streiken!«

Unterdessen schienen die anderen Verkehrsteilnehmer weniger rücksichtsvoll gegenüber UniVans als früher. Manche waren uns regelrecht im Weg. Zuerst dachte ich, sie würden einfach nur widerwillig den Straßenraum wieder abgeben, den sie während der Phase unseres Nichtstuns erobert hatten, was schon in Ordnung gewesen wäre. Als ich jedoch das fünfte Mal mit Absicht ausgebremst worden war, wurde mir klar, daß eine gewisse Bösartigkeit im Spiel war.

»Was ist denn mit denen allen los?« fragte George, als uns ein Auto überholte und dann abbremste, um links abzubiegen.

»Anscheinend sind wir nicht mehr so populär«, erwiderte ich.

»Aber wir haben gerade einen dreiwöchigen Streik hinter uns gebracht, um den PLAN zu retten!« protestierte er.

»Die Öffentlichkeit sieht das aber ganz anders.«

Zum Glück brachten die UniVans schon aufgrund ihrer schieren Masse die Straßen bald wieder in ihre Gewalt. Am frühen Nachmittag ließen die Belästigungen nach, und wir fingen an, uns wieder an die Alltagsroutine zu gewöhnen. Trotzdem war es eine Erleichterung, endlich von der Ringstraße abzufahren und eine neue Richtung einzuschlagen. Ab jetzt galten die neuen Zeitpläne, und unsere neue Tour beinhaltete auch einen Stopp in Eden Lacy. Während das Wetter sich aufhellte, gondelten wir fröhlich durch die Gegend, und ich machte George auf die Besonderheiten in der Landschaft aufmerksam, die mir während meiner Meßtouren aufgefallen waren.

Aber obwohl George der genauen Lage von Parkbuchten und Cafés durchaus Beachtung schenkte, stellte sich schnell heraus, daß sein eigentliches Interesse dem bevorstehenden Wiedersehen mit Martin galt. Er war ganz begierig, ihn auf seinem Terrain bei der Arbeit zu sehen, denn von Martins Sandwichs war er äußerst beeindruckt gewesen. Ich hatte das Gefühl, daß sich George mehr für Martins Methode als für die Zutaten interessierte. Aber wie dem auch sei: Ich teilte gerne die Vorfreude mit ihm, als wir uns der Einfahrt des Depots von Eden Lacy näherten. Der Ort sah noch verlassener aus als sonst und schien auf den ersten Blick völlig unbehelligt von der Einführung der neuen Zeitpläne geblieben zu sein. Dann fiel mir ein Oberaufseher in einer schicken, neuen Uniform auf der Rampe auf, der dort stand und mit Harold, Martin und Eric redete. Wir hielten im Hof und wurden von Steve Moore begrüßt, der gerade frisch befördert worden war und äußerst zufrieden mit sich und der Welt zu sein schien.

»Das hast du also für dich behalten«, bemerkte ich, als ich aus der Kabine kletterte.

»Ich dachte, das sollte ich lieber«, erwiderte er. »Ich wollte ja keinen neidisch machen.«

»Arbeitest du hier Vollzeit?«

»Genau«, sagte er. »Als erster Oberaufseher, der dauerhaft in Eden Lacy vor Ort ist.«

Ich schaute auf sein silbernes Dienstabzeichen, das in der Sonne glitzerte, und mir wurde klar, daß das Leben für Harold und die anderen nie mehr dasselbe sein würde. Die Tür zum Büro, die so lange verschlossen gewesen war, stand nun offen und bereit für Steves Dienstantritt. Vorerst bedeutete das, es würde keine ausgedehnten Kartenspiele mehr geben, die sich endlose Stunden lang hinzogen. Der Kartentisch war schon diskret zusammengeklappt worden, und die drei Lagerarbeiter beschäftigten sich, indem sie den Boden fegten. Dann bestieg Harold den Gabelstapler und fuhr auf uns zu, um auszuladen.

»Den ganzen Tag geht das schon so«, sagte er. »Alle zwanzig Minuten kommt hier ein Van an.«

»Na ja, zumindest seid ihr jetzt endlich auf der Karte«, antwortete ich. »Wie macht sich Steve Moore?«

»Ehrlich gesagt, er ist ein bißchen übereifrig. Rennt dauernd herum und kontrolliert alles.«

»Oje.«

»Keine Sorge«, sagte Harold. »Wir werden ihn bald mit Tee und Sandwichs ködern.«

Genau dieser ironische Unterton seiner Bemerkung legte den Schluß nahe, daß trotz der sich wandelnden Umstände in Eden Lacy alles noch in Ordnung war. Wie immer lief Eric mit einem breiten Grinsen im Gesicht herum, und ich hatte keinen Zweifel, daß Jim drüben in seiner Werkstatt über seiner Arbeit pfiff. Unterdessen waren George und Martin in ein Gespräch über ihr Lieblingsthema vertieft.

»Ich ziehe ein dreieckiges Sandwich vor, wann immer sich das machen läßt«, sagte Martin gerade. »Obwohl die viereckige Form sich besser für Picknickdosen eignet.«

»Mittlere Scheibenstärke?«, erkundigte sich George.

»Wenn möglich, ja.«

»Und Salz nach Bedarf?«

»Natürlich.«

Die Ankunft eines weiteren UniVans im Hof unterbrach ihre Unterhaltung, aber trotzdem konnte ich erkennen, daß sich dort eine neue Freundschaft anbahnte. Im Verlauf der nächsten Tage würde ich mich daran gewöhnen, dauernd Gespräche über Brotmesser, Käseschneidemaschinen und die Knackigkeit von Salat zu hören, als hätten es die beiden darauf abgesehen, die Catering-Branche zu revolutionieren. Ob sie tatsächlich darangehen würden, stand auf einem ganz anderen Blatt. Die Vorstellung, den PLAN mit all seinen Absicherungen zu verlassen und sich in die Welt außerhalb von ihm zu wagen, kam den meisten Angestellten undenkbar vor. Ich konnte mich kaum an ein halbes Dutzend Leute erinnern, die sich zu einem solchen Schritt entschlossen hatten, und in jedem Fall waren sie nach ein paar Monaten in den Schoß der Gemeinde zurückgekehrt. Die beiden jedoch verfolgten ihre optimistischen Pläne weiter. Innerhalb einer Woche hatte George Kontakt mit Sandro aufgenommen und die Kuchentouren wieder eingeführt. Nicht lange danach hatte er Martin zu sich nach Hause eingeladen, damit dieser Trace kennenlernen konnte, und es schien, als könnten sie glücklich so weiterleben bis ans Ende ihrer Tage.

Am Morgen des 1. Juni rief mich Bob Little zu sich an den Schalter und wies mich an, mir nicht die Mühe zu machen, abzustempeln.

»Heute habe ich eine ganz besondere Aufgabe für dich«, sagte er. »Es handelt sich um den jährlichen Gewichtstest, und jemand muß einen leeren Van dorthinfahren.«

»Oh, in Ordnung.«

»Weißt du, wo die Brückenwaage ist?«

»Klar.«

»Dann mal los«, sagte Bob. »Es werden ein paar Offizielle dort sein. Du solltest also lieber George mitnehmen.«

Der Test fand erst um elf Uhr statt, was uns ausreichend Zeit für ein gemütliches Frühstück verschaffte, bevor wir die Schlüssel für den UV 55 abholten und losfuhren. Wir kamen zehn Minuten zu früh an.

»Das sieht ja nach einem ziemlichen Auflauf aus«, bemerkte George.

Ungefähr fünfzehn Leute wohnten der Zeremonie bei, und ich sah auf den ersten Blick, daß sie in drei klar voneinander abzugrenzende Gruppen getrennt waren. Die erste bestand aus ausgewählten Depot-Managern, darunter Ray Coppin, der mir zunickte, als wir anhielten. Diese Manager sahen alle mehr oder weniger gleich aus. Alle trugen sie die gleichen verknitterten Anzüge und standen herum und lachten gegenseitig über ihre

Witze. Ein kleines Stück entfernt stand die zweite Gruppe: die Oberaufseher, alle in voller Uniform. Natürlich war Nesbitt auch dort. Neben ihm stand ein großer, dünner Mann, den ich für Scapens hielt. Sie wurden von einer Handvoll von weniger hochstehenden Oberaufsehern begleitet, unter ihnen Horsefall. Es gefiel ihm sichtlich, an so einem bedeutenden Ereignis teilzunehmen, und als er um seine Vorgesetzten mit dem Goldenen Dienstabzeichen herumscharwenzelte, hinterließ er fast eine Schleimspur.

Joyce war auch zugegen. Sie stand nicht bei ihren Kollegen, sondern bei der dritten Gruppe: Einer Ansammlung geschniegelter Leute, die ich normalerweise nicht mit dem PLAN in Verbindung gebracht hätte. Insgesamt waren sie zu fünft. Jeder trug eine schwarze, glänzende Aktentasche in der Hand und schenkte niemandem außerhalb seiner eigenen Runde Aufmerksamkeit. Überraschenderweise schien sich Joyce in ihrer Gesellschaft ganz wohl zu fühlen. Als ich sie anschaute, kam sie mir größer vor, als ich sie in Erinnerung hatte. Dann bemerkte ich, daß sie statt ihrer festen schwarzen Schuhe heute hochhackige Stiefel trug. Sie war in das Gespräch mit den anderen vertieft. Irgendwann nahm sie ihre Schirmmütze ab und ließ ihr Haar auf die Schultern fallen. Sie sah wunderschön aus, und in diesem Moment wurde mir klar, daß Leuten wie ihr die Zukunft gehörte.

Der Mann, der für die Brückenwaage verantwortlich war, sah hingegen von oben bis unten nach PLAN aus. Nachdem er ewig gebraucht hatte, aus seiner Hütte gekrochen zu kommen, machte er sich wichtigtuerisch an dem Mechanismus zu schaffen, als ginge er daran, auf irgendeinem orientalischen Bazar Goldstaub zu wiegen, und nicht etwa einen gewöhnlichen Uni-Van. Auf sein Geheiß fuhr ich auf eine große Eisenplatte, dann stiegen George und ich aus der Kabine und gingen nach hinten, um die Vorgänge aus einer höflichen Entfernung zu beobachten.

Es gab jedoch wenig Möglichkeit, genauer zu sehen, was passierte, denn die wichtigeren Zuschauer drängten sich schon alle vor dem Gewichtsanzeiger und verstellten uns die Sicht.

Nach einer langen Pause sagte George: »Das scheint aber ganz schön lange zu dauern. Wird das mit Münzen betrieben oder so?«

»Keine Ahnung«, antwortete ich. »Vielleicht funktioniert es nicht richtig.«

Wie zur Bestätigung kam einer der Oberaufseher auf uns zu und forderte mich auf, den Van von der Brückenwaage zurückzusetzen und dann wieder darauf zu fahren. Ich folgte seiner Bitte und stellte mich dann wieder zu George. Inzwischen war ein allgemeines Kopfschütteln und Murmeln im Gange, und die einzigen, die mit dem Ergebnis zufrieden zu sein schienen, war die Gruppe um Joyce. Der Rest kam mir etwas niedergeschlagen vor, und mir fiel auf, daß Horsefall aufgehört hatte, Schleim abzusondern.

Schließlich kam Nesbitt auf uns zu. »In Ordnung, danke, Leute«, sagte er. »Ihr könnt jetzt verschwinden und zu Mittag essen. Ich nehme an, ihr habt einen Mordshunger, was?«

»Ja.«

»Na ja, dann mal los. Und macht das Beste draus.«

Wir kletterten in den Van, ließen den Motor an und rollten von der Brückenwaage. Die offizielle Gesellschaft verharrte auf ihren Plätzen. Alle Augen ruhten auf uns, als wir abfuhren.

Auf dem Heimweg durchfuhr mich ein Gedanke.

»Erinnerst du dich noch an den Palettentransportwagen, den wir seit Wochen mit uns herumfahren?«

»Ja, und?« antwortete George.

»Meinst du, der könnte den Gewichtstest beeinflußt haben?«

»Das glaube ich kaum«, sagte er. »Einer von Trace' Kuchen schon, aber nicht dieser Wagen.«

Ich war fünf Jahre, drei Monate und vier Tage beim PLAN. Ich weiß das so genau, weil ich vierzehn Tage nach dem Gewichtstest einen Brief erhielt, in dem das stand. In diesem Brief wurde ich auch darüber informiert, daß der Test negativ ausgefallen war und daß der PLAN aus diesem Grund im Verlauf der kommenden Monate abgewickelt werden mußte.

»Anders gesagt, sie haben den Hahn zugedreht«, sagte George, der einen gleichlautenden Brief bekommen hatte, mit dem Unterschied, daß er nur zwei Jahre gearbeitet hatte. »Eigentlich ganz geschickt.«

»Geschickt?« sagte ich. »Warum das denn?«

»Ich werde eine Abfindung für zwei Jahre bekommen, oder nicht? Das kommt gerade richtig, wenn man einen Betrieb aufmachen will.«

Zumindest George war also glücklich. Und Martin auch. Für den Rest von uns sah es eher finster aus. Allgemein herrschte die Meinung, daß die Leute in den oberen Etagen nur nach einem Grund gesucht hatten, den Laden dichtzumachen, und daß der Gewichtstest dafür den perfekten Vorwand geliefert hatte.

In dem Brief stand außerdem noch, daß sich die Einstellung der Nation ohnehin gewandelt hatte. Öffentliche Unterstützung für einen PLAN, in dem nichts produziert wurde, war nicht länger vorhanden, und die Gebäude und das Kapital konnte besser verwendet werden, indem man alles an die Privatwirtschaft verkaufte. Der Brief war unterschrieben von einer Miss J. Meredith.

* * *

Widerstand war natürlich zwecklos. Im Verlauf der nächsten Tage fanden einige Massenversammlungen statt, auf denen sofortiges Handeln der Industrie gefordert wurde. Unglücklicherweise hatten wir aber keine wirtschaftliche Bedeutung, wie uns während des Streiks deutlich geworden war. Insofern würden derartige Maßnahmen kaum eine Wirkung haben. Außerdem wurden sehr schnell feindliche Stimmen laut, die besagten, daß es den Angestellten im PLAN schon viel zu lange viel zu gut gegangen sei und daß wir letztlich das bekommen hatten, was wir verdienten. Die Zeiten hatten sich gewandelt, sagten sie, und je schneller wir uns damit abfanden, um so besser.

Als die Fans von der Sache Wind bekamen, brachen sie eine Kampagne vom Zaun mit dem Namen »Rettet den UniVan«. Schließlich nahmen sie direkten Kontakt zur Arbeiterschaft auf, einige Reden wurden geschwungen, die aber folgenlos blieben. Als den Fans dann klar wurde, daß sie wahrscheinlich ausrangierte Vans zu Spottpreisen würden kaufen können, verstummte ihr Protest plötzlich. Kurze Zeit später wurden ein paar hundert Fahrzeuge auf dem freien Markt zum Verkauf angeboten, und die besseren Modelle waren sofort ausverkauft.

Trotzdem waren immer noch viele übrig. Sie wurden nach Merry Park überführt, das jetzt zu einem Elefantenfriedhof für UniVans wurde. In stillen Reihen standen sie dort, einer hinter dem anderen, und wurden von John Jones bewacht (dem es irgendwie gelungen war, seinen Job im Torhaus zu behalten). Ein paar der anderen Depots wurden von Investoren aufgekauft. Die meisten waren jedoch zu nichts zu gebrauchen. Long Reach wurde Ende September geschlossen, als bereits erstes Unkraut und kleine Schößlinge durch die Risse im Beton sprossen.

Was die Belegschaft betraf, so bekamen wir alle ein bißchen Geld. Nicht viel, aber genug, daß wir uns nicht beklagen konnten. Trotzdem war die Schnelligkeit der Schließungen ein tiefer Schock. Niemand hatte erwartet, daß der PLAN über Nacht zusammenbrechen würde. Wir hatten wirklich geglaubt, er würde immer weiter und bis in alle Ewigkeit Bestand haben: Eine Prozession von UniVans, die den Weg in eine helle und vielversprechende Zukunft wies. Statt dessen hatten wir alles verdorben mit unserem kleinlichen Gezänk, unserer Trägheit und unserer Dickköpfigkeit. Danach sahen wir hilflos zu, wie der große Entwurf vor unseren Augen demontiert wurde. Man hatte uns gewarnt, und wir hatten nicht darauf gehört. Jetzt war alles verloren. Die kalten Winde kehrten zurück. Das war das Ende unseres glorreichen Sommers.

Mills ist Mills

Magnus Mills
Die Herren der Zäune
Roman
Aus dem Englischen von Katharina Böhmer
216 Seiten. Gebunden und als st 3383

Magnus Mills
Indien kann warten
Roman
Aus dem Englischen von Katharina Böhmer
229 Seiten. Gebunden und als st 3565

Magnus Mills
Zum König!
Roman
Aus dem Englischen von Katharina Böhmer
188 Seiten. Gebunden

»Mills' schräge Literatur voller galligem schwarzen Humor steht für sich selbst.« *Abendzeitung München*

»Dieser Meistersatiriker unter den Romanciers ist mir durch meinen Bruder empfohlen worden, welcher Inhaber einer Zaunbaufirma ist. Seine Arbeiter – normalerweise nicht gerade Leseratten – haben mit größtem Vergnügen das Buch gelesen und auf gut bayerisch kommentiert: ›Genau so iss, stimmt haargenau!‹ Das Buch ist dort inzwischen zur Firmenbibel geworden.« *Ottfried Fischer*

»Der neue Roman von Magnus Mills knüpft zweifellos an seinen ersten an: Er ist genauso fesselnd, merkwürdig beunruhigend und sehr, sehr lustig.« *The Times*

»Eine derart feinsinnig gesponnene, mit leichter Hand komponierte und zugleich mit Witz unterfütterte literarische Absurdität ist ein seltener Glücksfall. Magnus Mills erweist sich einmal mehr als ein Meister des staubtrockenen Humors.«

Bayerischer Rundfunk

»Es ist fast schon gruselig, mit welcher Lakonie diese Geschichte sich abspult.« *Neue Zürcher Zeitung*

»Dieser Autor ist mit der Gnade jenes Wahnwitzes gesegnet, den man britischen Humor nennt.« *Süddeutsche Zeitung*

»*Indien kann warten* ist die Fortsetzung der Arbeiterliteratur mit grotesken Mitteln.« *Der Tagesspiegel*

»Bei Magnus Mills vereinen sich Aki Kaurismäki, Flann O'Brien und die Marx Brothers zu einer grandiosen Symbiose.«

Hannoversche Allgemeiner Zeitung

»Magnus Mills zeigt sich auch in seinem dritten Roman *Zum König!* als irritierendes Ausnahmephänomen der europäischen Gegenwartsliteratur.« *Spiegel Special*

»Keine Blechwand auf der ganzen Welt kann schöner ächzen als die, die aus Sätzen von Magnus Mills gebaut ist: Dabei bleibt es.« *Die Zeit*

»Für die Fähigkeit, den alltäglichen Horror fast körperlich erfahrbar zu machen, wurde Mills bereits mit einem Großen der Zunft, Kafka, verglichen. Doch der Vergleich hinkt: Mills ist viel witziger, viel versponnener und viel knapper. Mills ist eben Mills.« *Frankfurter Rundschau*